Terapiaa

J. M. Borman

Terapiaa

Terapiaa

© J. M. Borman 2014

3. painos

Kannen suunnittelu: Mikko Sahlstein

Kannen kuva: Mikko Sahlstein & Elina Jääskeläinen

Valmistaja: Books on Demand GmbH, Norderstedt, Saksa

Kustantaja: Books on Demand GmbH, Helsinki, Suomi

ISBN 9789522869913

Jerelle, Elinalle,

Jennille, Sonjalle, Anna-Marialle,

Sarille, Elisalle

&

kaikille niille

jotka halusivat tietää lisää

1

Sateen ropina peltikatolla muistutti jännitystä tiivistävien pikkurumpujen pärinää. Tuomon kämmenet hikosivat, ja hänen silmälasinsa huurustuivat lämpimässä sisäilmassa niin, ettei niistä nähnyt enää läpi. Hän tiesi olevansa jo runsaat kymmenen minuuttia myöhässä, mutta seisoi siitä huolimatta yhä oven ulkopuolella.

Tuomo yritti laskea mielessään päiviä edellisestä suihkusta. Hän nuuhkaisi vaivihkaa kainaloitaan tarkastettuaan ensin, ettei käytävällä näkynyt muita, ja melkein yökkäsi. Hän ei halunnut mennä sisälle huoneeseen ja antaa toisille masentuneille vielä yhtä uutta syytä vihata elämäänsä – etikalta ja kompostilta haisevan ihmisjätteen vieressä istuminen tuskin piristäisi ketään.

Vesi valui Tuomon hiuksista nenänpäähän ja kutitti. Hän oli kotoa lähtiessään hämmästynyt sitä, kuinka syksyiseksi sää oli ehtinyt viikossa muuttua. Kun hän oli viimeksi käynyt ulkona, aurinko oli paistanut, ja hänelle oli tullut kuuma mustassa nahkatakissaan. Nyt pihalla puhalsi kylmä tuuli. Toki hän oli kuullut sateen hakkaavan ikkunaa, mutta ei ollut vaivautunut avaamaan verhoja nähdäkseen maisemia.

Tuomo löysti kaulahuiviaan. Hän keksi sata syytä olla astumatta huoneeseen, ja kaikki syyt, joiden takia hänen pitäisi avata ovi, tuntuivat samantekeviltä. Itsensä vuoksi hänen pitäisi tämä tehdä, mutta hän tunsi sillä hetkellä olevansa arvoton kasa paskaa, eikä paskan vuoksi kannattanut tehdä yhtään mitään. Tietenkin se, että hän tunsi olevansa arvoton, oli yksi syy mennä sisälle huoneeseen, mutta rasvaiset hiukset, ajelematon parta ja ympärillä leijuva, kärpäsiä houkutteleva löyhkä olivat kolme syytä olla menemättä.

Tuomo tiesi kyllä, että tätä oli jatkunut jo liian pitkään, ja että hän tarvitsi apua. Pillerit hän oli kuitenkin heittänyt vessanpönttöön ja käytyään ensimmäistä kertaa lässyttävän psykologin juttusilla hän oli päättänyt, ettei menisi toiste. Hän oli silti ajatellut, että ehkä vertaistuesta voisi olla apua, koska muut tiesivät, miltä hänestä tuntui. Hän oli tullut paikalle osallistuakseen ryhmäterapiaan, mutta nyt sekään ei enää tuntunut hyvältä idealta. Hän ei halunnut kertoa kaikille sitä, ettei ollutkaan ollut rakkauden arvoinen, vaikka muiden tarinat olisivatkin samanlaisia. Hän ei halunnut myöntää heikkouttaan ja epäonnistumistaan, ja niiden myöntämiseltä avun vastaanottaminen tuntui.

Eikä hän ollut valmis päästämään irti siitä mahdollisuudesta, että kaikki palaisi ennalleen, jos hän kieltäisi todellisuuden tarpeeksi ponnekkaasti. Hän ei halunnut tehdä painajaisesta totta puhumalla asiasta ääneen. Hän halusi velloa itsesäälissä pyhässä yksinäisyydessään ja leikkiä, että saisi seuraavana päivänä kuulla taikasanat *anteeksi* ja *rakastan sinua*.

Hän tiesi kuitenkin, että olisi yhtä todennäköistä löytää takapihalta pytyllinen kultaa ja siivekäs yksisarvinen.

Tuomo puristi tiukemmin kädessään olevaa kännykkää. Hän toivoi, että se hälyttäisi ja antaisi elämälle merkityksen takaisin. Viimeiset neljä kuukautta kännykkä oli ollut koko ajan hänen kädessään kuin liimattuna. Se irtosi hänen otteestaan aina vasta, kun uni rentoutti hänen sormensa.

Hän oli ehdollistunut kännykän pirinään kuten Pavlovin koirat kelloihin. Joka kerta, kun kännykkä soi, hänen sydämensä teki rinnassa kuperkeikkaa ja hän uskoi onnensa kääntyneen. Hän joutui kuitenkin aina pettymään karvaasti, sillä soittaja ei koskaan ollut se henkilö, jonka hän toivoi soittavan. Soittaja oli aina äiti, isä tai puhelinmyyjä.

Kerran Tuomo oli pimahtanut ja karjunut puhelinmyyjälle kaikki tuntemansa kirosanat ja keksinyt siinä samassa myös pari uutta. Lopuksi hän oli kuitenkin tilannut sinnikkäältä myyjältä Me naiset -lehden, koska hänelle oli tullut asiattomasta käytöksestään huono omatunto. Siitä lähtien hän oli yrittänyt malttaa katsoa ennen vastaamista, kuka soitti. Hän oli jättänyt vastaamatta tuntemattomiin numeroihin, kunnes keksi, että toivottu soittaja oli saattanut vaihtaa numeronsa.

Äidille ja isälle hän valehteli aina, että voi jo paljon paremmin. Hän hymisi samanmielisesti, kun vanhemmat lupailivat elämän vielä hymyilevän ja päivän paistavan risukasaankin. Tuomon teki mieli pyytää heitä tunkemaan pilvien hopeareunukset sinne, minne aurinko ei paistanut, mutta hän hillitsi itsensä ja kiitti rohkaisevista sanoista.

Puheluiden jälkeen hän joi olutta ja piirteli humalassa viiksiä tilaamansa naistenlehden kansikuvamallille.

Jos Tuomo oli itselleen täysin rehellinen, hänen oli myönnettävä, että mitkään sanat eivät oikeasti palauttaisi asioita ennalleen, koska hän ei pystyisi unohtamaan petosta ja antamaan anteeksi. Sanat eivät riittäisi korjaamaan rikottua luottamusta ja särjettyä sydäntä, joten vaikka puhelin nyt soisikin ja hän saisi kaipaamansa anteeksipyynnön ja rakkaudentunnustuksen, se ei olisi tarpeeksi.

Hän toivoi ajan kelautuvan taaksepäin ja kaikki teot tekemättömiksi. Hän halusi herätä ja huomata kaiken olleen vain pahaa unta.

Käytävän kellon viisari nytkähti kovaäänisesti, ja Tuomo hätkähti. Hän oli jo melkein kaksikymmentä minuuttia myöhässä. Hän laski kätensä ovenkahvalle ja yritti rohkaista mielensä.

Nyt. Ei. Nyt! Ei, ei, ei!

Tuomo halusi kotiin. Kotona hän voisi riisua yltään pyykkikorista poimimansa likaiset vaatteet, istua alasti sohvalla ja kuunnella niin huonoa Suomi-iskelmää, että se saisi hänet nauramaan. Ja sitten hän itkisi, koska nauraminen muistuttaisi häntä asioista, jotka hän halusi samaan aikaan unohtaa ja muistaa.

Miehet eivät itke. Niin oli joku joskus opettanut Tuomollekin. Mutta ei Tuomo tuntenutkaan itseään enää mieheksi. Aivan kuin nainen olisi lähtiessään vienyt hänen kiveksensä mukanaan.

Tuomon käsi liukui turtana pois ovenkahvalta. Hän sulki silmänsä. Hän ei pystyisi tähän, ei tänään. Hän voisi yrittää joskus uudestaan. Tuomo toivoi, että sade pesisi kotimatkalla pistävän löyhkän pois, jotta hänen ei tarvitsisi käydä suihkussa. Hän halusi mennä suoraan nukkumaan ja unohtaa, että koko turha päivä oli koskaan ollut olemassa.

Tuomo perääntyi ovelta, mutta tunsi samassa kovan töytäisyn selässään. Hän kääntyi säikähtäneenä ympäri ja näki nuoren naisen, jolla oli päässään musta hattu. Hattu oli kellahtanut vinoon törmäyksen seurauksena. Lierillä oli vesipisaroita. Nainen oli juuri tullut ulkoa, ja hänen poskensa punoittivat. Nainen sanoi jotain, mutta Tuomo ei saanut siitä selvää, koska päähine oli vanginnut hänen huomionsa. Tuomosta se näytti typerältä.

"Mitä?" Tuomo kysyi. Häntä ei oikeasti kiinnostanut puhua kenenkään kanssa. Hän toivoi, että nainen häipyisi mahdollisimman nopeasti ja epämukava sosiaalinen tilanne olisi ohi.

"Että anteeksi. Sattuiko?" nainen toisti ja suoristi hattunsa.

Tuomo pudisti mykkänä päätään.

"Okei, hyvä. En tainnut katsoa eteeni", nainen naurahti ja väläytti Tuomolle leveän hymyn. Tuomo yritti vastata hymyyn, mutta siitä oli liian pitkä aika, kun hän oli viimeksi hymyillyt. Hän ei saanut suupieliään kohoamaan ylöspäin.

Nainen jatkoi matkaansa korot kopisten ja hävisi toiselle käytävälle. Tuomo kuunteli loittonevia askeleita, kunnes niitä ei enää kuulunut. Hänen mieleensä tuli, että hänenhän olisi oikeastaan pitänyt pyytää naiselta anteeksi, koska hän oli itse peruuttanut naista päin katsomatta ympärilleen.

Tuomo huokaisi syvään ja lähti kohti ulko-ovea. Hän kiristi kaulahuiviaan, mutta pysähtyi sitten kesken liikkeen.

Hän tajusi, ettei ollut pystynyt hymyilemään.

Hän ei halunnut jatkaa näin. Hän ei halunnut hukata enää ainuttakaan päivää olemalla säälittävä zombi. Hän halusi olla taas oma itsensä, olla onnellinen, eikä hän tarvinnut siihen sitä henkilöä, jota ei halunnut ajatella. Hän pärjäisi paremmin ilman.

Tuomo kääntyi ympäri, käveli takaisin ovelle, tempaisi sen auki ja astui sisään huoneeseen ennen kuin rohkeus ehti pettää.

Siinä hän nyt seisoi, ja kymmenkunta silmäparia kääntyi hämmästyneenä häntä kohti. Ovi hänen selkänsä takana painui hitaasti kiinni, ja orastava ahtaanpaikankammo sykähti sisuksissa. Kaikki hänen aivosolunsa huusivat kuorossa käskyä juosta ja lujaa. Tuomo halusi totella, mutta hänen jalkansa eivät toimineet, joten hän tönötti paikoillaan oven luona ja tunsi itsensä äärettömän tyhmäksi. Hän puristi kännykkäänsä kuin lapsi äitinsä kättä ensimmäisenä koulupäivänä.

Tuomo katseli naisia, jotka istuivat tuoleillaan ringissä keskellä huonetta. Naiset katselivat Tuomoa ja odottivat, että tämä avaisi suunsa, mutta sanat olivat takertuneet Tuomon kurkkuun. Tuomosta tuntui, että jos hän yrittäisi puhua, hän oksentaisi.

"Moi", yksi naisista tervehti reippaasti. Hän hymyili ystävällisesti, mutta vaikutti takakireältä. Hänen tummat hiuksensa olivat tiukalla nutturalla päälaella ja hänellä oli päällään harmaa jakkupuku. Muut olivat pukeutuneet rennosti farkkuihin tai collegehousuihin.

Tuomo oli varma, että nainen oli psykologi.

Ringissä istui myös nainen, joka neuloi kaulahuivia. Tuomolle tuli puikkojen kilinästä mieleen tikittävä aikapommi.

Tuomo rykäisi äänekkäästi. Hiki tihkui pieninä puroina hänen otsalleen. Hän pyyhkäisi liian pitkiksi kasvaneita hiuksia pois silmiltään ja rykäisi vielä pari kertaa uudestaan ennen kuin sai ääntä suustaan.

"Moi. Tota... Täällä oli se kokoontuminen vai?"

"Joo", nutturanainen sanoi, "mahtavaa saada tänne uusia jäseniä! Tule vaan, tule vaan. Kiva, kiva. Tehdään tilaa!"

Naiset alkoivat suurentaa rinkiä innostuneina. Seurasi pieni koliseva kaaos, kun tuoleja ja tavaroita siirreltiin. Nutturanainen otti huoneen seinustalta ylimääräisen tuolin ja asetti sen oman tuolinsa viereen.

"Tule vaan, tule vaan!" nainen kehotti äidillinen hymy huulillaan, mutta kun Tuomo otti tärisevillä jaloillaan askeleen, nainen karjaisi: "Ota kengät pois!"

Tuomo säikähti niin että hyppäsi ilmaan. Hän perääntyi ovelle ja runnoi jalkineet nopeasti jaloistaan solmuja avaamatta.

"Sori", Tuomo sanoi.

"Ei se mitään. Tule vaan!" nainen sanoi.

"Joo." Tuomo potkaisi kenkänsä sivuun. Hänen jokainen solunsa pyysi olemassaoloaan anteeksi. Hän yritti saada sydäntään pysähtymään tahdonvoimalla. Tuomo toivoi, että haihtuisi ilmaan, katto romahtaisi tai koko maailma räjähtäisi, jotta hän pääsisi tästä ahdingosta.

Yhtäkkiä hänen omien silmälasiensa kehykset alkoivat häiritä näkemistä. Ne häilyivät tummana sumuna näkökentän laidalla. Nahkatakki natisi ärsyttävästi ja hiosti kuin savustuspussi.

Sitten Tuomo ei ollut enää varma siitä, oliko pessyt hampaansa aamulla vai ei, joten hän päätti puhua mahdollisimman vähän siltä varalta, että hänen hengityksensäkin haisi.

"Tänne mun viereen!" nutturanainen sanoi.

"Joo. Okei." Tuomo piti katseensa tiukasti maassa ja leikki, etteivät muut nähneet häntä, jos hän ei nähnyt heitä.

"Kiva, kiva! Tänne näin!" nainen hoki ja alkoi jo nyt ärsyttää Tuomoa. Nainen vaikutti Tuomosta samanlaiselta sössöttävältä idiootilta kuin edellinenkin psykologi, joka ei ollut tajunnut elämästä ja kärsimyksestä yhtään mitään. Tuomo halusi häipyä, mutta istahti siitä huolimatta vapaalle paikalle ja alkoi riisua ulkovaatteitaan tutkien lattian kuvioita.

Hän tunsi muiden katseet polttavina itsessään ja ahdistui koko ajan enemmän. Hänen kätensä tärisivät niin, ettei hän ollut saada kaulahuivia pois kaulastaan vaan kiristi solmun vahingossa tiukemmaksi. Hän taisteli itsensä vapaaksi kaulahuivin kuristusotteesta, heitti huivin tuolinsa selkänojalle ja uskaltautui viimein vilkaisemaan yleisöään. Naiset eivät näyttäneet yhtään surullisilta vaan hymyilivät ystävällisesti. Tuomo oli huojentunut, koska ilmeistä päätellen naiset eivät olleet ainakaan vielä haistaneet häntä.

Naiset olivat melko nuoria, vähän yli ja alle kahdenkymmenen. Tuomo ei tuntenut 28-vuotiaana miehenä sopivansa joukkoon. Hän laski katseensa kännykkäänsä.

18:22. Kukaan ei ollut soittanut tai lähettänyt viestiä.

"Okei, kiva et--", nutturapää aloitti, mutta samassa huoneen ovi avattiin taas. Sama hattupäinen nainen, johon Tuomo oli aiemmin törmännyt, säntäsi sisälle.

"Sori, että olen myöhässä!" nainen sanoi. Hän alkoi kiskoa saapikkaita jalastaan, mutta menetti tasapainonsa, kellahti takapuolelleen lattialle ja purskahti nauruun. Muutkin naiset alkoivat nauraa.

Tuomo katseli naista lievästi hämmentyneenä. Naisessa oli jotakin omituista. Sitten Tuomo muisti istuvansa itsekin parhaillaan terapiassa. Ei hänellä ollut varaa pitää muita omituisina, kun hän oli sitä itsekin.

Nainen jatkoi kenkiensä riisumista istualtaan maassa. "En muistanut, että ollaan tänään täällä ja menin sinne, missä oltiin viimeksi", nainen selitti avatessaan kenkiensä vetoketjuja. "Siellä oli vähän toisenlainen ryhmä. Toisaalta, ehkä mun olisi pitänyt jäädä sinne." Nainen kikatti yksinään kuin olisi juuri kertonut mahtavan vitsin. Hän nousi ylös, heitti kenkänsä nurkkaan ja nappasi itselleen tuolin. Neulova nainen teki hänelle tilaa viereensä.

Tuomo katseli naista ja mietti, vaikuttiko hän itse samanlaiselta: näkikö hänestäkin, ettei hän ollut aivan normaali?

"Moi", nainen sanoi, kun huomasi Tuomon. Tuomo hätkähti hereille ajatuksistaan ja yritti vastata, mutta vastaus oli onnettoman hiljaista pihinää. Nainen hymyili, ja Tuomon teki mieli potkaista itseään.

"Okei, aloitetaanko niin, että sä esittelet itsesi?" Nuttura kyseli. "Muut voi sitten sen jälkeen esitellä itsensä. Opitaan vähän tuntemaan toisiamme."

Kesti hetken ennen kuin Tuomo tajusi, että sanat oli tarkoitettu hänelle. Hän selvitti kurkkuaan.

"Mitä? Joo, tota niin." Tuomo pelasi aikaa hokemalla tota-niitä. Hän ei tiennyt, mitä hänen pitäisi sanoa.

"Tai siis mähän voin tietenkin kertoa ensin itsestäni", Nuttura tarjoutui viidennen tota-niin jälkeen, ja Tuomo nyökkäsi kiitollisena. "Eli mä olen Anna-Kaisa. Mua voi sanoa Anskuksi. Mä vedän tätä ryhmää. Tervetuloa meidän kaikkien puolesta. Toivottavasti sulla on kivaa meidän kanssa. Meistä on tosi kivaa, että olet tullut tänne ja..."

Tuomo ei kuunnellut, mitä Nuttura puheli, koska tutki katseellaan naista, johon oli törmännyt. Nainen riisui hattunsa ja pisti sen tuolinsa alle kuin turvaan. Hänellä oli päällään musta mekko, mutta siitä huolimatta hän näytti Tuomosta jotenkin värikkäältä ja huomiota herättävältä. Kuin korppi, jonka mustassa höyhenpeitteessä välkehti salaa kaikki sateenkaaren värit.

Nainen järjesteli tuulen sekoittamia hiuksiaan uudestaan jakaukselle ja vinkkasi ilkikurisesti, kun huomasi Tuomon katsovan. Tuomo painoi katseensa vikkelästi alas. Hän tunsi harmikseen poskiensa kuumenevan.

"Niin, eli siis...", Nuttura sanoi, ja Tuomo nosti katseensa. Hän tajusi, että oli hänen vuoronsa puhua. Hänen pitäisi esitellä itsensä, kertoa kaikki.

Hänen sydämensä alkoi lyödä lujempaa. Aivan kuin se olisi yrittänyt tempoa itsensä vapaaksi ja karata paikaltaan, kiivetä kurkkua pitkin ylös ja jättää haaksirikkoutuvan laivan.

"Joo... Moi", Tuomo aloitti vaivaantuneena. Hän pyöritteli kännykkää hikisissä käsissään. Nuttura hymyili rohkaisevasti. Osa naisista kumartui eteenpäin tuoleissaan kuullakseen paremmin. Tuomo kannusti itseään mielessään ja jatkoi sitten vähän kuuluvammalla äänellä. "Mä oon

Tuomo. Mä en nyt tiedä, mitä mä oikein sanoisin tai muutakaan..."

Naisten katseet hermostuttivat Tuomoa, joten hän päätti jatkaa elämäntarinansa kertomista omille jaloilleen. Hän huomasi, että vasemman jalan sukassa oli reikä. Isovarvas kurkisti ulos.

"Tässä on sattunut kaikenlaista, ja musta tuntuu, että ei näitä asioita enää kestä. Mä oon ollut sairaslomalla siitä lähtien, kun parisuhde päättyi."

Tuomo tunsi, kuinka pato hänen sisällään murtui. Hän halusi kertoa kokemastaan vääryydestä, valuttaa ulos kaiken pahan, kunnes olisi aivan tyhjä. Hän veti syvään henkeä ja jatkoi rohkaistuneena.

"Tyttöystävä lähti. Yhtenä päivänä se vaan sanoi, että nyt ahdistaa, nyt on pakko lähteä pois. Ei se suostunut sanomaan, mikä ahdistaa. Sitä nyt vaan ahdisti."

Tuomo antoi sanojen pulputa vuolaana virtana. "Oltiin vähän yli vuosi oltu yhdessä. Mä olin sormuksenkin hommannut. Tuli siis täytenä yllätyksenä se, että hän halusikin erota. Luulin, että kaikki oli hyvin, mutta myöhemmin sain tietää, että se oli maannut mun kavereiden kanssa. Siis silloin oli maannut, kun oltiin vielä yhdessä. Sitten, kun sille yrittää puhua asiasta, se ei vastaa puheluihin, ei viesteihin. Ei vastaa mihinkään, saatana!"

Tuomo huomasi äänensä kohonneen huudoksi. Hän piti pienen tauon rauhoittuakseen ja yritti hillitä silmiensä kostumista.

"Sitä jää vaan miettimään asioita. Kai sitä itsessäkin oli vikaa, ja siksi just olisi tärkeää jutella. Haluaisin tietää, miksi näin kävi, saada siltä jonkin selityksen, kun tätä on niin vaikea ymmärtää. Miten toinen voi tehdä niin, pettää ja yhtäkkiä jättää? Ehkä tämä jossain vaiheessa helpottaa. Siihen on kyllä vaikea uskoa, kun sitä on vaan niin katkerana koko ajan. Syyttää sitä ja syyttää itseä. Toivon, että voitaisiin puhua. Että semmoista. Semmoista on nyt sattunut."

Tuomo päätti vuodatuksensa ja nosti vihdoin katseensa rikkinäisestä sukastaan. Naiset tuijottivat häntä silmät suurina. Hattunainen katseli sylissä olevia käsiään huultaan purren, ja hänen toinen kulmakarvansa nyki hullunkurisesti. Neulovan naisen keskeneräinen kaulahuivi oli pudonnut puikoista lattialle, mutta nainen ei itse huomannut sitä vaan katsoi Tuomoa suu auki.

Tuomo räpytteli silmiään hämillään, ja hänen otteensa kännykän ympärillä tiukentui taas. Hän ei ymmärtänyt naisten omituisia ilmeitä. Hän vilkaisi nopeasti alas, koska alkoi pelätä, että housujen vetoketju oli jäänyt auki, ja se olisi syy naisten hämmennykseen. Vetoketju oli kiinni.

"Okei. Kiva, kiva", Nuttura sanoi ikuisuudelta tuntuneen hiljaisuuden jälkeen. "Kiva, kun oot tullut tänne. Jos kaikki muutkin kertoisi nyt vähän itsestään. Voi siis kertoa vain oman nimen. Ei tarvitse muuta--"

Nutturan puhe peittyi hysteerisen naurun alle. Hattunainen taipui tuolillaan kaksinkerroin ja yritti saada henkeä kikatuksensa lomasta. Muut naiset katsoivat toisiaan vaivaantuneina.

Tuomo tunsi itsensä syvästi loukatuksi.

"Sori", nainen sai sanottua ja pyyhki kyyneleitään, "siis tähän on ihan kätevää, että hoidetaan nuppi kuntoon samalla, kun tutustutaan kirjallisuuteen!"

"Mitä?" Tuomo ihmetteli mitään tajuamatta, mutta ei saanut hattunaiselta vastausta, koska tämä haukkoi henkeä ja oli muuttunut kasvoiltaan aivan punaiseksi.

"Niin tuota... Tämä on siis lukupiiri", Nuttura selvensi silminnähden kiusaantuneena.

"Luku...piiri?" Tuomolla kesti hetken tajuta sanojen merkitys, mutta sitten se iski häntä palleaan kuin moukari.

Hän katseli naisia tarkemmin ja huomasi, että joillain heistä oli sylissään romaaneja.

Lukupiiri!

Happi loppui huoneesta, seinät tuntuivat kaatuvan päälle. Tuomo nousi vauhdilla ylös, tarttui takkiinsa ja pinkaisi kompastellen kohti ovea, mutta takin hiha oli tarttunut tuoliin kiinni. Niinpä tuoli lähti hänen mukaansa ja kolisi perässä kuin hääauton tölkit. Oven suussa Tuomo kiskaisi hihan hätäisesti irti tuolista, nappasi kengät mukaansa ja syöksyi ulos käytävälle kaiken ylpeytensä menettäneenä.

2

Tuomo rynnisti pitkin autiota käytävää. Hän istui kauimmaiselle penkille, kiskoi kengät jalkaansa ja hautasi kasvot käsiinsä. Hänen koko ruumiinsa tärisi, kun hän yritti saada hengitystään tasaantumaan. Hän halusi repiä itsensä paloiksi ja lyödä kallonsa halki seinään. Naisten hämmästyneet ilmeet väikkyivät hänen mielessään, ja hänen omat typerät sanansa kaikuivat korvissa uudestaan ja uudestaan.

Hän ei ollut koskaan ennen nolannut itseään niin pahasti kuin äsken. Edes housuihin kuseminen liikuntatunnilla ala-asteen kolmannella luokalla ei ollut tuntunut näin kamalalta. Mieluummin hän olisi virtsannut naisten edessä lattian lainehtimaan kuin vuodattanut sielunsa tuskan heidän naurettavakseen.

Tuomo rutisti kännykkää kädessään ja yritti olla huutamatta ääneen, mutta ei voinut estää muutamia kirosanoja kohoamasta huulilleen. Hän jupisi itsekseen silmät kiinni eikä siksi huomannut, kuinka joku istui hänen viereensä.

"Auttaako toi?" kuului naisen ääni. Tuomo kohotti katseensa ja näki hattupäisen naisen vieressään. Nainen tarkkaili Tuomoa uteliaana.

"Eikö sun pitäisi mennä takaisin?" Tuomo tuhahti ärsyyntyneenä. Hän ei jaksanut kenenkään ilkkumista juuri nyt. Hän nousi ylös ja alkoi pukea takkia ylleen vahingossa väärin päin. Hän käänsi takin nopeasti ympäri ja yritti uudelleen paremmalla menestyksellä.

"Sä unohdit sun kaulahuivin", nainen sanoi. Tuomo huomasi silloin, että hänen vihreä kaulahuivinsa roikkui naisen kaulalla. Tuomo ojensi kätensä, mutta nainen ei antanut huivia Tuomolle, vaan nousi ylös ja varpisti, jotta Tuomo voisi itse ottaa huivin hänen kaulaltaan.

Tuomo nielaisi tyhjää ja katsoi naista silmiin. Tumma silmämeikki sai naisen näyttämään leluhiirtä vaanivalta kissalta. Tuomo kiskaisi huivista, mutta se olikin solmulla kiinni naisen kaulan ympärillä, ja nainen tempautui Tuomoa vasten.

Naista alkoi naurattaa, Tuomoa ei.

Tuomo avasi umpisolmun vapisevin sormin. Nainen tarkkaili häntä pieni hymy huulillaan.

"Kiitti", Tuomo sanoi, heitti huivin harteilleen ja lähti kohti ulko-ovea. Hän ajatteli voivansa hypätä kotimatkalla jokeen ja hukkua.

"Se on tossa toisella käytävällä!" nainen huusi Tuomon perään, ja Tuomo pysähtyi hämmentyneenä.

"Mikä on?"

"Se mihin sä olit menossa. Mä menin sinne vahingossa. Siis se ryhmätera--"

"En ole menossa mihinkään!" Tuomo sanoi vahingossa liian kovalla äänellä. Nainen katsoi Tuomoa arvioiden ja käveli lähemmäs.

"Okei, hyvä. Sittenhän sulla on aikaa." Nainen näytti viekkaalta. "Lähdetkö kahville? Mä olen muuten Ninna", nainen esittäytyi ja ojensi kätensä Tuomolle.

"Hä?" Tuomo sanoi eikä tarttunut naisen käteen.

"Ninna. Minna mutta ännällä. Lähdetkö kahville?"

"Tota...niin."

Ninna seisoi vielä hetken käsi ojossa, kunnes luovutti kättelemisen suhteen ja alkoi pukea mustaa takkia ylleen. Tuomo seisoi paikoillaan kuin aika olisi pysähtynyt.

"Kyllä sä nyt voit kahville lähteä. Tule!" Ninna tyrkkäsi Tuomon liikkeelle kohti ulko-ovea. Tuomo totteli, mutta yritti koko ajan keksiä kohteliasta tapaa kieltäytyä.

He astuivat ulos ovesta rintarinnan. Katu lainehti hämärtyvässä alkuillassa, ja taivasta peitti tiivis, harmaa pilvikerros. Vesi naputti laiskasti ränneissä. Tihutti yhä.

"Äläkä näytä noin eksyneeltä koko ajan", Ninna tuhahti. Tuomo pysähtyi katoksen alle Ninnan jatkaessa rappusia alas.

"Kerro sitten, mihin ollaan menossa!" Tuomo sanoi. Ninna kääntyi ympäri ja palasi Tuomon luokse.

"Mun luo."

"En mä... En oo valmis vielä ja..." Tuomo hätääntyi. Kaverit olivat raahanneet hänet eron jälkeen baariin, jotta hän olisi voinut iskeä itselleen naisen mukaan lohdutukseksi. Tuomo ei ollut innostunut ajatuksesta ollenkaan. Koko illan kaverit olivat esitelleet hänelle toinen toistaan paljastavampiin vaatteisiin pukeutuneita naisia, mutta Tuomo oli jurottanut tuoppi kädessä eikä ollut jaksanut vastata naisten iskuyrityksiin.

"Ryhdistäydy vähän!" kaveri oli kehottanut. "Eihän se Katri edes ollut kovin hyvä pano." Sitten Tuomo oli kysynyt, mistä kaveri sen muka tietäisi. Kävi ilmi, että kaikki hänen kaverinsa tiesivät tarkalleen, minkälainen Katri oli sängyssä.

Sen illan jälkeen Tuomolla ei ollut enää kavereitakaan.

"Et oo valmis juomaan kahvia?" Ninna sanoi.

"Hä?" Tuomo havahtui takaisin nykyhetkeen.

"Kahvia?" Ninna toisti hitaasti kuin vähäjärkiselle.

"En mä oo kato valmis vielä mihinkään sellaseen..."

"En mä kutsunut sua panemaan. Mä kutsuin sut kahville. Ei se ollut mikään koodi."

Tuomon kurkusta karkasi omituinen yskähdyksen tapainen ääni. "Joo... Tota niin... Tota." Tuomo suoristi hermostuneena silmälasejaan.

"Ja mulla on mokkapaloja", Ninna sanoi. "Niitä jäi, kun äiti oli kylässä. Sen mielestä ne oli tietty paskaa, koska ne oli mun tekemiä..."

"Eiku en mä."

"Siis oikeesti ne on ihan hyviä!"

"Joo, mutta en mä. En", Tuomo sanoi niin jämäkästi kuin pystyi. Hänen ei tehnyt mieli lähteä mihinkään kenenkään kanssa. Hän halusi turvaan neljän tutun seinän sisälle.

Ninna vain hymyili. Naisen tiivis katse alkoi ahdistaa Tuomoa. Hänestä tuntui kuin nainen olisi kaivellut silmillään tietoja hänen aivoistaan.

"Tota niin", Tuomo sanoi ja näpräsi taas takkinsa taskussa olevaa kännykkää.

"Sä pelkäät, että mä olen joku hullu, vai?" Ninna sanoi. Tuomo oli melko varma siitä, että nainen oli hullu, mutta ei viitsinyt sanoa sitä ääneen. Ninna näytti kuitenkin arvaavan Tuomon ajatukset. "No, joo. Mullahan on siis tapana kutsua ihmisiä kylään ja myrkyttää ne mun leivoksilla. Sitten nyljen niiltä nahat ja teen hanskoja", hän sanoi naama peruslukemilla ja nosti kätensä pystyyn. Hänellä oli kädessään nahkahansikas. "Tämä tyyppi oli ihan kiva, mutta se puhu liikaa, joten siitä tuli hanska, ja mä vedin sen käteen."

Tuomo naurahti ensimmäistä kertaa viikkoihin, ja aito hymy levisi hänen kasvoilleen. Se tuntui mukavalta.

"Mutta ei ole pakko tulla, jos et halua", Ninna sanoi ja kohautti olkiaan. Hän kääntyi ja hyppi rappuset alas laukka-askelin. Tuomo katseli hänen peräänsä. Ninna käveli suoraan vesilätäkköön eikä näyttänyt yhtään välittävän siitä, kastuisivatko hänen jalkansa vai eivät. Tämäkin huvitti Tuomoa, ja hän naurahti uudestaan.

Sitten hän tunsi itsensä yhtäkkiä kauhean yksinäiseksi. Hän ei ollut tajunnut, kuinka paljon oli oikeasti kaivannut juttuseuraa.

"Odota!" Tuomo huusi hetken mielijohteesta ja juoksi Ninnan kiinni. "Lähetä hanskat sitten mun vanhemmille!"

"Sovitaan näin. Teen oikein hienot. Pistän pitsiä reunaan ja kaikkea."

Ninna asui kerrostalossa lähellä kaupungin keskustaa. Hänen kämppänsä oli värikkäästi sisustettu, melko tilava yksiö. Tuomo katseli ympärilleen samalla, kun Ninna puuhasi keittokomerossa ja yritti saada kahvinkeitintä toimimaan lyömällä sitä nyrkillä. Vaaleansininen sohva, viininpunaiset tyynyt, tummansininen matto, luonnonvalkoiset verhot, joissa oli keltaisia pilkkuja... Kaikki toisiinsa sopimaton näytti yllättäen sopivan yhteen.

Ikkunalauta oli kuin viidakko pienoiskoossa – täynnä erilaisia kukkivia kasveja. Sohvalla oli lapsenkokoinen pehmonalle, jonka kaulassa oli vaaleanpunainen rusetti. Yhdellä seinällä seisoi kirjoja täynnä oleva valkoinen hylly. Tuomo poimi yhden kirjan käteensä ja selaili sivuja.

"Se oli ahdistava", Ninna sanoi kurkattuaan Tuomon selän takaa, mitä kirjaa tämä piti kädessään.

"Jaa", Tuomo sanoi ja katsoi kirjan kantta. Se oli ruma.

"Miksi?"

"Ihan kuin se päähenkilö ei olisi välittänyt mistään", Ninna sanoi asetellessaan kahvikuppeja ja lautasia sohvan edessä olevalle pöydälle. "Eihän elämässä ole mitään järkeä, jos ei välitä mistään. Ainoa syy elää on se, että nauttii elämästä ja tuntee jotain. Ei elämällä mun mielestä tunnu olevan mitään muuta tarkoitusta kuin yrittää olla onnellinen. Jos kaikki on samantekevää, niin miksi sitten eläisi ollenkaan?"

Tuomo pysyi vaiti ja laittoi kirjan takaisin paikalleen raskaasti huokaisten. Sitä nimenomaista kysymystä hän oli pohtinut viime aikoina.

Ninna vilkaisi häntä ohimennen ja näytti siltä kuin miettisi, oliko tullut sanoneeksi jotain sopimatonta. Tuomo kiusaantui ja siirtyi tutkimaan ikkunalaudalla kököttävää pelargoniaa.

Hän katsoi ulos hämärään. Piha näytti vetiseltä ja surkealta. Pisarat liukuivat ikkunan lasisella pinnalla raidoittaen maisemaa. Tuomo kaivoi kännykän esille.

19:29. Kukaan ei ollut soittanut tai lähettänyt viestiä.

"No niin. Tule ottamaan!" Ninna kehotti. Tuomo pisti kännykän takaisin taskuunsa ja istahti sohvalle. Ninna nosti tarjottimelta lautaselle mokkapalan ja työnsi lautasen Tuomon eteen.

"Kiitti", Tuomo sanoi ja katseli nonparelleilla koristeltua, suklaista neliötä hieman epäillen. Se näytti kyllä hyvältä. Tuomo nosti leivoksen käteensä ja valmistautui pitämään naamansa peruslukemilla, vaikka maku olisikin järkyttävä. Hän haukkasi.

Mokkapala maistui herkulliselta.

"Hyvää", Tuomo totesi vilpittömästi. Hän oli huojentunut siitä, ettei hänen ei tarvinnut esittää kohteliaisuuden vuoksi. Hän oli aina ollut huono valehtelemaan.

"Kiitos", Ninna sanoi ja hymyili suu korvissa kuin olisi voittanut jonkin kilpailun. Hän kaatoi kuppeihin kahvia. "Tähän aikaan ei kyllä kuuluisi enää juoda kahvia, kun sitten ei nukahda."

"Ei se mitään." Tuomo sanoi. Ei hän nukahtaisi muutenkaan.

Tuomo huomasi nyt, että nainen oli oikeastaan ihan nätti. Hölmö hattu ja omituinen käytös olivat hämänneet niin, ettei Tuomo ollut sitä ensin huomannut. Naisella oli kaunis hymy ja hauska nenä kuin nukella. Nainen oli muutenkin jotenkin nukkemainen mustassa, leveähelmaisessa mekossaan, sillä hän oli melko lyhyt.

Ninna istui Tuomon viereen sohvalle, hörppäsi kahvikupistaan ja irvisti.

"Mä en tykkää kahvista", Ninna selitti, kun huomasi Tuomon kummastuneen katseen, "mutta kahvia aina tarjotaan joka paikassa niin pitää opetella juomaan sitä. Ja sehän on aikuista juoda kahvia."

"Kyllä siihen tottuu", Tuomo sanoi ja joi.

"Kai sitä kaikkeen tottuu", Ninna sanoi ja naurahti hiljaa itsekseen. Tuomo mietti hetken, milleköhän nainen nauroi, mutta tuli sitten siihen lopputulokseen, ettei välttämättä halunnut tietää.

Nyt, kun Tuomo katseli sivusilmällä vierasta naista, hän tunsi taas, kuinka paljon kaipasi sitä ihmistä, jonka oli menettänyt. Sen ihmisen tuoksua, vaaleita hiuksia, vihreänharmaita silmiä ja punattuja huulia jotka kuiskivat korvaan suloisia rakkaudentunnustuksia.

Aina välillä tuli hetkiä, jolloin kaipaus kasvoi äkkiarvaamatta suorastaan sietämättömäksi, ja kipu tuntui taas tuoreelta. Sitten tunne hiljalleen laimeni. Joskus se oli poissa kokonaan, kun Tuomo hetkittäin ymmärsi, että hänen oli parempi yksin. Sitten muistot hyvistä ajoista palasivat jälleen mieleen, ja kehä pyöri pyörimistään, kunnes

Tuomo ei enää oikeastaan tiennyt, mitä halusi tai mikä tekisi hänet onnelliseksi.

Tuomo kaivoi kännykän taskustaan.

19:34. Kukaan ei ollut soittanut tai lähettänyt viestiä.

Yhtäkkiä kännykkä hävisi hänen kädestään.

"Hei!" Tuomo huudahti hädissään. Ninna oli napannut kännykän. "Anna se tänne!"

"Joo, joo. Kohta", Ninna sanoi.

"Eiku anna se tänne nyt!"

"Joo."

"Nyt!" Tuomoa ahdisti. Hän tunsi olonsa haavoittuvaiseksi, kun kännykkä oli Ninnan käsissä.

"Ihan heti. Mä vaan haluan sun numeron", Ninna sanoi ja näpytteli näyttöä. Tuomo painoi pään käsiinsä ja yritti rauhoittua. Eteisestä kuului Ninnan puhelimen soittoääni. *Whole lotta love.*

"No, niin. Anna se!" Tuomo sanoi ja ojensi kätensä. Hän oli saanut tarpeekseen naisesta ja tämän pelleilystä. Hän halusi lähteä kotiin. Hän halusi olla yksin.

Ninna oli tiputtamassa kännykkää Tuomon käteen, mutta muuttikin sitten mielensä. "Eiku odota hetki!"

"Ei! Anna se tänne nyt!" Tuomo alkoi todella hermostua.

"Eiku mä katon vaan vähän, että... *Katri rakas*?" Ninna katsoi Tuomoa haastavasti suoraan silmiin. Tuomon sydän muljahti. *Katri.* Jo tuo nimi ääneen lausuttuna riitti kääntämään hänen sisuksensa ympäri.

Ninna painoi vihreää luuria ja nosti kännykän korvalleen. Tuomo katsoi naista kauhuissaan.

"Mitä sä teet?"

"Hys!" Ninna sanoi sormi pystyssä.

"Anna se tänne! Älä!" Tuomo yritti saada kännykkää Ninnalta, mutta Ninna nousi ylös. Tuomo nousi myös, mutta Ninna väisteli taitavasti hänen käsiään ja puikkelehti ympäri pientä asuntoa kuin orava.

Tuomo kuuli, kuinka puheluun vastattiin. "Hei, Tuomo, mä olen sanonut sulle, että--", tuttu ääni sanoi. Tuomon sydän jätti lyönnin väliin, ja tunto lähti hänen raajoistaan. Hänen keuhkonsa tyhjenivät kuin puhjennut rantapallo.

Miksi Katrin piti vastata juuri nyt, kun hän ei ollut ikinä ennenkään vastannut?

"Anna tänne!" Tuomo sai sanottua.

Ninna pudisti päätään ja alkoi voihkia puhelimeen kuin aikuisviihteen uusi lupaus. "Oi, Tuomo! Ihanaa!"

"Mitä sä teet?" Tuomo yritti saada Ninnaa kiinni, mutta tämä sujahti hänen ojennettujen käsiensä ali.

"Eikö tunnukin hyvältä?" Ninna pomppasi sohvalle ja alkoi hyppiä niin että jouset vinkuivat. "Sä tykkäät tästä, eikö niin?"

"Lopeta!" Tuomo karjaisi.

"Turvasana!" Ninna kiusasi.

"Lopeta!"

"Ei se ollut se!"

Tuomo nousi sohvalle. Ninna kompastui jalkoihinsa, kun yritti väistää. Hän horjahti ja tarttui Tuomoon pysyäkseen pystyssä, mutta sen seurauksena molemmat kaatuivat sohvalle päällekkäin.

"Sä olet liian iso!" Ninna mutisi tukahtuneella äänellä Tuomon painon alta. Tuomo sai vihdoin riistettyä puhelimen takaisin itselleen, nousi seisomaan ja käveli kauemmas nauravasta naisesta.

"Haloo?" Tuomo huhuili luuriin, mutta puhelu oli jo katkennut. Hän laski kännykän korvaltaan ja tuijotti sitä kuin irronnutta ruumiinosaa. Ninna kikatti pikkutyttömäisesti sohvatyynyyn, mikä sai raivon kuohahtamaan Tuomon sisällä. Hän käveli Ninnan eteen suoni otsassa tykyttäen. Ninna heitti Tuomoa leikkisästi tyynyllä päähän.

"Ehkä se tulee nyt mustasukkaiseksi", Ninna totesi hymyillen kuin äskeinen olisi ollut aivan normaalia. "Sitten se soittaa sulle. Sitähän sä odotat! Siksi sä sitä kännykkää siinä koko ajan hiplaat niin kuin pikkupoika muniaan."

Tuomo katsoi Ninnaa silmät kipunoiden vähääkään huvittumatta. Ninna hiljeni ja vakavoitui.

"Okei, sori--"

"Kuka sä luulet olevasi? Sä et tiedä mistään mitään!" Tuomo kuuli äänensä huutavan. Hän ei ollut koskaan ollut yhtä vihainen. "Sulla näyttäisi olevan ihan tarpeeksi omiakin ongelmia niin, miksi puutut toisten asioihin?"

"Anteeksi", Ninna sanoi ja näytti olevan aidosti pahoillaan, mutta se ei rauhoittanut Tuomoa yhtään. "Meni vähän yli, mutta mä vaan halusin auttaa. Tiedän, miltä susta tuntuu--"

"Mä en tarvitse apua!"

"Kyllä sä tarvitset. Sen takia sä olit menossa sinne ryhmäterapi--"

"En ollut menossa! En ollut! En!" Tuomo karjui. Hänen teki mieli repiä verhot ikkunoista ja paiskoa astioita, mutta hän hillitsi itsensä. "Mä en tarvitse apua! En ainakaan tuollaiselta sekopäältä!"

"Ei se rakasta sua", Ninna sanoi.

"Joo, kyllä mä sen tiedän", Tuomo sanoi. "Tuskin koskaan rakasti. Se tässä niin perseestä onkin. Mutta sen asian tajuaminen ei tee tästä yhtään sen helpompaa!"

"Etkä sä rakasta sitä. Sä vaan luulet niin."

"Ei hyvä jumala!"

"Sulla on päässä jokin mielikuva siitä ihmisestä ja--"

"Ja sulla on päässä vikaa!" Tuomo karjaisi niin että sylki lensi, mutta hän ei antanut sen häiritä. "Sunlaisille ihmisille on kuule ihan oma paikka tossa neljän kilometrin päässä. Mene käymään siellä niin saat lääkityksen kuntoon. Saatanan hullu!"

Sanoilla ei ollut toivottua vaikutusta Ninnaan. Tämä vain kohotti toista kulmakarvaansa hieman huvittuneena. Tuomo kääntyi lähteäkseen, mutta kääntyikin sitten takaisin, koska halusi keksiä vielä jotain pahaa sanottavaa.

"Ja toi kakku," Tuomo aloitti ja osoitti dramaattisesti puoliksi syömäänsä mokkapalaa, "se on paskaa!"

Sen sanottuaan Tuomo rynnisti eteiseen ja, kuten jo kerran aikaisemmin samana päivänä, painui ovesta ulos niin nopeasti kuin pääsi. Hän juoksi kaksi kerrosta rappusia alas ja säntäsi pihalle sateeseen takki ja kaulahuivi kädessään.

Pisaroiden aikaansaamat kaaret laajenivat lätäköissä katuvalojen oranssissa hohteessa. Tuuli puhalsi navakasti, mutta se ei riittänyt viilentämään Tuomon kiehuvaa verta. Hän puki vaatteita päälleen samalla, kun käveli. Hän kiroili yhteen purtujen hampaiden lomasta, kun oli taas kuristua kaulahuiviinsa.

Kännykkä soi.

Tuomon sydän läikähti lämpimästi, ja hän nappasi automaattisesti kännykän takustaan ennen kuin ehti ajatella mitään.

"Tuomo!" hän vastasi puheluun.

"Anteeks. En olisi saanut--"

"Älä soita mulle!" Tuomo huusi, kun tunnisti Ninnan äänen. Hänen huutonsa kaikui kerrostalojen seinistä, ja koira alkoi haukkua jossain lähistöllä. "Älä enää ikinä soita mulle!"

"Et sä rakasta sitä", Ninna sanoi. "Sä rakastat jotain mielikuvaa. Sitä mielikuvan ihmistä ei ole olemassa. Sun pitää päästää siitä irti niin--"

"Tai ehkä mä rakastan sitä ihmistä juuri sellaisena kuin se on!"

"Miksi sä rakastaisit sellaista, joka pettää ja jättää?" Ninna kysyi.

"Mit-- Älä puutu-- Älä saakeli sekoita mun päätä!"

"Ei kannata tuhlata rakkauttaan sellaiseen ihmiseen, joka ei sitä ansaitse. Ei kannata tuhlata elämää siihen, että antaa jonkun toisen satuttaa. Ei--"

Tuomo ei halunnut kuulla yhtään enempää. "Hei, anna jo olla samperin psykopaatti!"

"Sä elät vaan kerran", Ninna sanoi.

"No, toivottavasti!" Tuomo lopetti puhelun ja laittoi kännykän äänettömälle ensimmäistä kertaa neljään kuukauteen. Hän hengitti raskaasti, tunki puhelimen takkinsa taskuun ja lähti tarpomaan lätäköiden läpi. Sade kiihtyi kohisevaksi verhoksi hänen ympärilleen.

3

Tuomo seisoi lämpimässä suihkussa melkein neljäkymmentäviisi minuuttia ja yritti huuhtoa pois sisällään myrskyävät tunteet. Päivän tapahtumat pyörivät hänen päässään, ja hän pesi hiuksensa vahingossa hammastahnalla. Hän huomasi virheen, kun mintunmakuinen tahna valui hänen silmiinsä ja antoi vielä yhden syyn kirota.

Kun hän astui suihkuverhon takaa, hän erehtyi katsomaan itseään peilistä ja lannistui entisestään. Hän oli ennen ollut mielestään ihan mukavannäköinen, mutta nykyään hänen suupielensä roikkuivat aina alaspäin, ja ihon sävy oli harmahtava. Silmäpussit olivat niin suuret, että hän ajatteli voivansa pian värväytyä eläintarhaan kengurunpoikasten sijaisemoksi.

Tuomo yritti parantaa kuvajaisen ulkonäköä ajelemalla partansa, mutta siitäkään ei ollut paljoa apua. Vaikka hän mitä yritti, hän näytti silti mielestään alkoholisoituneelta, metsän keskellä asuvalta erakolta. Sellaiseksi hän itsensä tunsikin.

Tuomo istui sohvalle pizzalaatikoiden sekaan ja tarkasti refleksinomaisesti, oliko kukaan soittanut.

21:07. Kaksikymmentäviisi vastaamatonta puhelua, kaikki Ninnalta. Lisäksi kolmetoista uutta tekstiviestiä, joissa Ninna pyyteli anteeksi, vakuutti tietävänsä miltä Tuomosta tuntui ja selitti uudestaan teoriaansa mielikuviin rakastumisesta ja aidosta rakkaudesta.

Tuomo poisti viestit lukematta niitä sen tarkemmin ja tallensi Ninnan numeron puhelimeensa nimellä Hullu Akka.

Hän katsoi televisiosta uusintojen uusintoja valkoviinipullo seuranaan. Hän joi, kunnes humala kietoi kätensä tuttavallisesti hänen päänsä ympärille. Tuomon teki mieli soittaa Katrille. Hänen teki mieli soittaa äidille. Luomet kävivät raskaiksi.

Tuomo raahautui sänkyynsä ja toivoi, ettei heräisi seuraavaan päivään.

Ovikello soi. Uni, jossa Tuomo oli juuri laskenut alleen seistessään lavalla Led Zeppelinin keikalla, hälveni. Tuomo veti peittoa tiukemmin ympärilleen ja yritti päästä takaisin unimaailman lämpöön nähdäkseen, mitä tapahtuisi kun lätäkkö saavuttaisi vahvistimet.

Ovikello kilahti toistamiseen. Tuomo avasi kirvelevät silmänsä. Hänellä oli jano. Aurinko paistoi makuuhuoneeseen verhojen raoista. Tuomo hapuili kännykän käteensä silmät sikkuralla.

11:45. Yhdeksäntoista vastaamatonta puhelua Hullulta Akalta ja yksi äidiltä. Tuomo pudotti kännykän tyynynsä viereen ja sulki silmänsä.

Ovikello pirisi uudelleen, tällä kertaa vaativammin. Tuomo tyytyi vain kääntämään kylkeä. Ovella oli varmaankin postinjakaja tuomassa jotain pakettia, joka ei mahtunut luukusta. Tuomo ajatteli, että voisi hakea paketin myöhemmin postista. Tai olla hakematta. Hän halusi nukkua tänään koko päivän ja olla tekemättä yhtään mitään. Silloin hän ei voisi möhliä ja nolata itseään kuten eilen.

Ärsyttävä ihminen oven takana alkoi soittaa kelloa kolmen sekunnin välein. Tuomon verenpaine kohosi jokaisen pirahduksen myötä. Kahden minuutin päästä oli selvää, ettei kellonsoittaja antaisi periksi, joten Tuomo nousi ylös valmiina syyllistymään murhaan. Hänen päänsä tuntui räjähtämäisillään olevalta painekattilalta, kun hän kiskoi nopeasti ensimmäisenä käsiin osuneet collegehousut ja t-paidan päälleen ja rynnisti eteiseen.

Hän avasi oven ja yritti sulkea sen saman tien, kun näki kuka häirikkö oli, mutta Ninna oli nopea ja pujahti ovenraosta sisälle. Ennen kuin Tuomo ehti sanoa mitään, Ninna oli jo jättänyt kenkänsä telineeseen.

"Hei, painu hel--"

"Mä toin aamupalaa", Ninna keskeytti hymyillen ja näytti käsissään olevia paperipusseja kävellessään peremmälle. Hänellä oli päässään erilainen, mutta Tuomosta aivan yhtä typerä, hattu kuin eilen.

Tuomo sulki oven, jotta hänen kiroilunsa ei kuuluisi rappukäytävään niin selkeästi, ja seurasi Ninnaa olohuoneeseen. Ninna laski paperipussit sohvapöydälle tyhjien tölkkien viereen ja alkoi pinota sohvalla olevia pizzalaatikoita.

Tuomo nipisti itseään vaivihkaa, koska ei ollut varma, näkikö yhä unta. Nipistys sattui. Tämä painajainen oli siis totta. Tuomo hengitti syvään ja yritti pysyä rauhallisena, muttei onnistunut siinä. Ääni karkasi ulos huutona, vaikka Tuomo yritti puhua normaalilla äänellä.

"Jätä mut rauhaan!"

"Joo, joo. Ihan kohta", Ninna sanoi sävyisästi. "Sä tykkäät näköjään pizzasta. Mäki tykkään." Ninna siirsi laatikkopinon syrjään, riisui takkinsa ja istui sohvalle. "Siellä on nätti ilma. Aurinko paistaa."

"Jumalauta!"

"Ai, sä tykkäät sateesta? Katso mitä toin!" Ninna nosti yhdestä pussista pahvisen, pienen laatikon ja avasi sen. Laatikossa oli kaksi donitsia. "Otatko sä vaaleanpunaisen vai tämän ruskean? Tämä on kai mansikka ja tämä on kinuski."

Tuomo katsoi Ninnaa epäuskoisena. "Miten sä löysit tänne?"

"Soitin numeropalveluun", Ninna sanoi.

"Olisit mieluummin etsinyt sen lähimmän mielisairaalan! Painu nyt oikeasti helve--"

"Vai pistetäänkö molemmat puoliksi niin saa maistaa kumpaakin? Missä on veitsi?"

"Häivy!" Tuomo sanoi. "Nyt! Lähdet tai mä soitan poliisin!"

"Soitatko?" Ninna sanoi ja nuolaisi donitsin kuorrutetta sormeltaan.

"Soitan!"

"Et sä soita", Ninna sanoi varmana, nousi sohvalta ja käveli Tuomon ohi keittiöön etsimään veistä kuin olisi kotonaan.

"Kuka sä oikein luulet olevasi? Et sä voi vaan kävellä toisten asuntoon!" Tuomo vaahtosi kulkiessaan Ninnan perässä.

"Rauhoitu", Ninna naurahti.

"Mä en ole kutsunut sua tänne!"

"Mä halusin pyytää anteeksi, kun pahoitin sun mielen eilen", Ninna sanoi. "Ei ollut tarkoitus."

"Selvä, nyt voit mennä", Tuomo sanoi ja yritti olla repimättä hiuksia päästään.

Ninna availi kaappeja ja laatikoita. "Soitin sulle ja lähetin tekstiviestejäkin, kun halusin puhua, mutta sä et vastannut. Sähän tiedät, kuinka ärsyttävää se on, kun joku ei vastaa."

"Ei kukaan vastaa tuollaiselle--"

"Missä laatikossa on veitset?" Ninna kysyi.

"Siinä toises-- Ei vaan nyt lähdet!"

Tuomo alkoi johdattaa Ninnaa selästä työntäen ovea kohti. Ninna nojasi vastaan.

"Jos sä heität mut ulos, mä soitan taas ovikelloa", Ninna uhkasi, "mutta jos sä syöt mun kanssa aamupalaa, lupaan häipyä sen jälkeen."

Tuomo pysähtyi. Ninna kääntyi ympäri ja katsoi häntä vikittelevästi silmiin.

"Miten on?" Ninna sanoi.

Nainen vaikutti Tuomosta sen verran epätasapainoiselta, että voisi hyvinkin seistä koko päivän oven takana pirisyttämässä kelloa.

Tuomon päätä särki. "Ei helvet--"

"Sä olet tosi kova kiroilemaan", Ninna sanoi.

"No, kun vähän sieppaa nyt!"

"Sulla on vaan nälkä. Mä toin sulle muuten myös täytetyn bagelin. On kahvia ja appelsiinimehuakin."

Tuomo hiljeni, koska tarjous alkoi houkuttaa häntä. Jos hän kestäisi Ninnaa puoli tuntia, hän saisi vatsansa täyteen ja rauhallisen loppupäivän. Hänellä tosiaan alkoi olla melko kova nälkä, ja jääkaappi oli sisällöltään yhtä köyhä kuin hänen kurja elämänsä.

"No, niin", sanoi leveästi hymyilevä Ninna, joka tulkitsi Tuomon hiljaisuuden myöntymiseksi. Tuomo laahusti olohuoneeseen ja lysähti luovuttaneena sohvalle. Ninna tuli pian perässä lautasten ja veitsen kanssa. Hän kaivoi paperipussia ja ojensi Tuomolle bagelin, lautasen ja pahvisen kahvimukin.

"Kiitos", Tuomo mutisi, haukkasi bagelistaan palasen ja oli taivaassa. Hän ei kuitenkaan halunnut vaikuttaa tyytyväiseltä, joten keskittyi pitämään mökötyksen kasvoillaan, vaikka se vaatikin melko paljon ponnistelua.

"En tiennyt, mistä tykkäät niin otin paahtopaistin. Ajattelin, että se vois olla sellainen, että tykkäisit."

"Ihan ok", Tuomo sanoi välinpitämättömästi. Välinpitämätön vaikutelma kärsi kuitenkin siitä, että hän ahmi bagelinsa minuutissa. Ninna tarjosi Tuomolle vielä puolet omastaan, eikä Tuomo jaksanut kieltäytyä, koska hänellä oli yhä nälkä eikä yhtään ylpeyttä jäljellä eilisen lukupiirikoettelemuksen jälkeen.

Donitsit Ninna puolitti huolellisen mittauksen jälkeen. Lopuksi hän vielä vertaili paloja.

"Voi ei! Ei näistä tullutkaan samankokoiset! Sä saat tämän isomman puolen."

"Sä saat sen. En mä välitä niin paljon makeasta", Tuomo sanoi. Hän ei huomannut palojen välillä mitään kokoeroa.

"Ootko varma? Mä vähän toivoinkin, että sanoisit noin. Mä olen katsos sokerinarkkari."

Tuomo oli varma siitä, että nainen käytti sokerin lisäksi myös kiellettyjä aineita.

He söivät donitsit ja hörppivät kahvia hiljaisuuden vallitessa. Tuomo tuijotti tyhjyyteen omiin ajatuksiinsa uppoutuneena. Hän ei jaksanut puhua ja oli kiitollinen siitä, ettei Ninna yrittänyt keskustella hänen kanssaan.

Ninna selaili sohvapöydälle unohtunutta Me Naiset -lehteä ja nauroi naisten viiksille. Lopulta hän nousi ylös, käveli ikkunan luo ja avasi mitään sanomatta olohuoneen verhot. Aurinko syöksyi sisälle huoneeseen häikäisevänä valomerenä. Tuomo siristi silmiään äkillisessä kirkkaudessa. Ninna kävi avaamassa myös makuuhuoneen verhot ja käveli sitten eteiseen.

"Moikka!" hän huikkasi ja lähti ennen kuin Tuomo ehti vastata. Tuomo katsoi ikkunasta, kuinka Ninna käveli pihan poikki ja astui suoraan sen ainoaan vesilätäkköön. Hiekkalaatikolla olevat pikkupojat alkoivat nauraa ja tekivät saman perässä. Tuomoa hymyilytti, kun muutaman minuutin päästä lasten äiti huusi parvekkeelta naama punaisena ja torui lapsia, kun nämä olivat menneet sotkemaan itsensä. Lapset lähtivät noloina sisälle.

Tuomo nappasi kännykän tyynyltään ja huomasi, että oli saanut viestin. Se oli Hullulta Akalta, joka pyysi vielä kerran anteeksi ja toivotti mukavaa päivää. Tuomo ei jaksanut vastata mitään, mutta soitti sen sijaan äidilleen.

Puheluiden sisältö oli aina täsmälleen sama: kysyttiin lyhyesti kuulumiset ja puhuttiin vähän säästä. Niin nytkin.

"Moi, sä olit soittanut."

"Hei, Tuomo", äiti sanoi. "Mitä sinä puuhailit, kun et vastannut?"

"Nukuin."

"Ai, herätinkö minä?"

"Et herättänyt. Oli äänettömällä." Ja seuraavaksi jotain säätilasta.

"Siellä on hyvä ilma", äiti totesi. Tuomo kuuli taustalla astioiden kilinää. Äiti tyhjensi ilmeisesti pesukonetta.

"On. Mitä kuuluu?"

"Hyvää, hyvää. Isän kanssa lähdetään kohta kävelylle. Menisit sinäkin ulos. Isä lähettää terveisiä."

"Joo", Tuomo sanoi.

"Siellä paistaa aurinko. Eilen satoi vettä. Huomiseksikin on luvattu sadetta. Kannattaa nyt mennä ulos, kun on hieno ilma", äiti kehotti.

"Niin."

"Mitä kuuluu?"

"Ihan hyvää", Tuomo sanoi ja tunsi, että valhe oli nyt vähän enemmän totta kuin ennen. Ehkä se johtui auringosta. Valo piristi.

"No, se on hyvä", äiti sanoi. "Kuulostatkin reippaammalta. Kyllä se siitä. Niin se on. Kyllä se vielä paremmaksi muuttuu. Menehän nyt ulos haukkaamaan happea."

"Joo."

Tuomo lähti ulos kädet taskussa. Ilmassa saattoi haistaa sateen ja mullan, syksyn tuoksun. Sininen, lähes pilvetön taivas heijastui tyynestä vesilätäköstä. Lapset olivat palanneet leikkimään kuivat kengät jalassaan. Iloinen kiljahtelu ja ruostuneen keinun kitinä täyttivät koko pihan. Aurinko paistoi. Tuuli puhalteli lempeästi ja sai puiden värikkäät lehdet tanssimaan valossa. Musta nahkatakki imi lämpöä ja pian Tuomon oli avattava vetoketju.

Kesä. Mihin sekin oli mennyt? Jossain vaiheessa kukat olivat kukkineet ja kuihtuneet, eikä Tuomolle ollut jäänyt siitä minkäänlaista muistikuvaa. Hänen keskikesänsä oli ollut sydäntalvi täynnä mustaa kylmyyttä ja kipeää yksinäisyyttä. Oli outoa ajatella, kuinka erilainen tämä kesä oli ollut verrattuna edelliseen, jolloin hän oli juuri tavannut

Katrin. Silloin jokainen päivä oli ollut kuin syntymä. Kaikki oli ollut uutta ja ihmeellistä täydellisen olennon rinnalla.

Hän oli rakastunut naiseen ensisilmäyksellä. Katri oli niin villi, vapaa ja huoleton. Ja kaunis, mielettömän kaunis. Hän oli ihaillut Katrin rohkeutta ja itsevarmuutta ja sitä, että Katri sai aina sen, minkä halusi.

Nyt Tuomo tiesi, että Katri oli liiankin huoleton ja että itsevarmuus johtui itsekkyydestä. Elämä oli Katrille peli ja Tuomo oli ollut vain yksi monista nappuloista, joista Katri yritti hyötyä.

"Rakastitko sä mua koskaan?" Tuomo oli kysynyt Katrilta, kun tämä oli yhtäkkiä eräänä päivänä ilmoittanut, että oli vuokrannut kämpän, aikoi muuttaa pois ja halusi päättää suhteen.

"Tietenkin", Katri oli sanonut.

"Miten se rakkaus sitten yhtäkkiä vaan loppuu? Ei se voi yhtäkkiä--"

"Älä viitsi."

"Ei, vaan kerro mulle, miten voi ensin rakastaa ja sitten ei enää rakastakaan!"

"Tämä ei toimi."

"Yhtäkkiä ei toimi enää?"

"Älä viitsi. Mua ahdistaa, kun sä--"

"Onko sulla joku toinen?"

"Mä haluan jotain muuta."

"Mitä muuta?"

Katri oli lähtenyt tavaroidensa kanssa. Tuomo oli soittanut perään, mutta Katri ei ollut vastannut puheluihin. Kymmenien anelevien tekstiviestien jälkeen tuli vastaus: "Lopeta!" Tuomo oli lopettanut, mutta saatuaan kuulla pettämisestä, hän oli taas jatkanut viestien lähettelyä. Ensin hän oli haukkunut Katrin ja sitten pyytänyt anteeksi. Hän oli tehnyt saman uudestaan monta kertaa: ensin purkanut rajuin sanoin vihaansa ja pettymystään, sitten katunut ja rukoillut Katria takaisin luokseen.

Vastausta ei kuulunut koskaan, joten lopulta Tuomo lopetti viestittelyn.

Tuomo oli rakastanut Katria täydestä sydämestään, mutta nyt hän ei ollut varma siitä, mitä tunsi. Hän kai vihasi ja rakasti samaan aikaan, ja se repi häntä paloiksi. Olisi helpompaa pelkästään vihata.

Katri ei ollut koskaan rakastanut häntä oikeasti. Tuomo oli siitä varma. Ei oikea rakkaus voinut vain lakata ilman mitään syytä. Suhde oli ollut vaihtokauppaa, jossa Tuomo oli jäänyt häviölle. Katri oli saanut rakkautta, palvontaa ja katon päänsä päälle; Tuomo oli saanut rakkaudelleen kohteen, ei vastarakkautta.

Kaikki hyvät muistot, hempeät katseet, suudelmat – valhetta. Tuomon elämän paras vuosi oli vain harhaa ja hukkaan heitettyä aikaa. Yhtä hyvin olisi voinut vaipua vuodeksi koomaan ja herätä sen jälkeen todellisuuteen kuulemaan, kuinka monta päivää oli elämästään menettänyt maatessaan sairaalassa. Se oli mennyttä aikaa, jota ei saanut koskaan takaisin.

Tuomo käveli joenrantaan, istahti penkille ja katseli veden verkkaista virtaa. Hän tunsi, kuinka aika virtasi samalla tavalla hänen ympärillään. Hän oli kivi keskellä virtausta paikoilleen juuttuneena. Aika kulutti häntä, mutta hän ei edennyt mihinkään. Lopulta hän vain häviäisi. Vanhenisi yksin, kuolisi yksin. Ei enää tyttöystävää, josta tulisi vaimo. Ei lapsia, ei lapsenlapsia. Hän näki koko kurjan tulevaisuuden selvänä edessään.

Hän ei uskonut, että elämällä olisi enää mitään tarjottavaa. Hän ei jaksaisi yrittää, koska sama tapahtuisi kuitenkin uudestaan ja lopulta hän olisi taas yhtä yksin kuin nyt. Ehkä hänen pitäisi vain hyväksyä kohtalonsa. Hän voisi hankkia itselleen koiran ja puhua sille. Se olisi uskollinen ja hyvä ystävä. Netistä voisi tilata puhallettavan naisen. Se ei lähtisi vieraiden matkaan vaan pysyisi hyvässä tallessa vaatekomeron nurkassa.

Tuomo istui penkillä monta tuntia ja heitteli pikkukiviä veteen. Hän osui vahingossa sorsaan. Se lähti lentoon äänekkäästi rääkyen. Tuomolle tuli entistä pahempi mieli. Hänestä oli vain harmia kaikille.

Tuomo inhosi sitä ihmistä, joka hänestä oli tullut. Entisestä elämänjanoisesta, iloisesta ja itsevarmasta miehestä ei ollut mitään jäljellä. Tilalla oli vain kuori täynnä vihaa ja epäluuloja kaikkea kohtaan. Hän oli yrittänyt kovasti olla ajattelematta sitä, mitä hän yritti olla ajattelematta, kunnes jokainen hänen ajatuksensa koski sitä, mitä hän yritti olla ajattelematta.

Katri, Katri, Katri, Katri, Katri...

Hänen ajatuksensa kiersivät jähmeästi pientä loputonta kehää.

Kun vanha pari istui viereiselle penkille katselemaan auringonlaskua, kaikki lämpö hävisi Tuomon ympäriltä. Miksei hän voinut löytää samanlaista kestävää rakkautta? Oliko se liikaa pyydetty? Miksi kaikki muut löysivät?

Mitä helvettiä rakkaus edes oli?

Kotimatkalla Tuomo kävi ostamassa itselleen pizzan, mutta hän oli menettänyt ruokahalunsa ajateltuaan asioita taas liikaa. Pizza maistui rasvaiselta pahvilta ja jäi olohuoneen pöydälle pilaantumaan, kun hän meni aikaisin nukkumaan.

4

Tuomo heräsi aamulla siihen, että aurinko paistoi hänen silmiinsä. Hän ihmetteli asiaa hetken, kunnes muisti, että Ninna oli avannut verhot. Tuomo päätti nousta, kun oli kerran herännyt, ja yrittää saada jotain aikaiseksi. Hän keräsi kaikki likaiset vaatteet lattialta ja tunki ne ja päällään olevat kalsarit pesukoneeseen. Hän vei pizzalaatikko-pinon eteiseen ja korjasi lattialle kerääntyneet mainokset ja ilmaislehdet muovikasseihin. Tiskivuoren kohdalla hän kuitenkin luovutti. Kaikki keittiön tasot olivat täynnä haisevia astioita, ja näky lannisti hänet.

Tuomo tiesi, ettei astianpesukoneen täyttämisestä olisi todellisuudessa kovinkaan suurta vaivaa. Hän ei kuitenkaan saanut sitä tehtyä, vaan istui sohvalle ja alkoi syödä eilistä pizzaa.

Hän olisi halunnut pitää asuntonsa siistinä, muttei pystynyt siihen. Yksinkertaisista asioista oli tullut kamalan vaikeita. Hän unohti usein harjata hampaansa eikä jaksanut ikinä pedata sänkyään. Keittiön lattialla oli jo kaksi kuukautta lojunut kasa raakaa riisiä ja rusinaksi muuttunut viinirypäle. Jo pelkkä ajatus siivoamisesta sai mielen väsyneeksi ja raajat raskaiksi.

Tuomo katsoi ulos. Vaikka äidin mukaan oltiin luvattu sadetta, ilma näytti ihan hyvältä. Kumpupilvet jahtasivat toisiaan pitkin taivasta kovassa tuulessa.

Äidillä oli tapana seurata sääennustuksia kuin fundamentalisti raamattua. Hän suunnitteli päivän tekemiset sen mukaan, minkälaista säätä oltiin luvattu. Vaikka aurinko oli paistanut, ei Tuomo ollut saanut lähteä pienenä ulos, jos oltiin povattu sadetta. Hänen piti kököttää sisällä ja katsoa ikkunasta, kuinka muut lapset leikkivät iloisina pihalla, kunnes vasta monen tunnin päästä alkoi sataa.

"Katso nyt! Hyvä, ettet mennyt ulos. Olisit kastunut ja tullut ihan kuraisena sisälle!" äiti oli sanonut kuin lottovoittaja, kun pisarat olivat vihdoin hyppineet ikkunalaudalla.

Tuomo söi pizzan ja meni takaisin nukkumaan, vaikka häntä ahdistikin se, että päivä valuisi käsistä. Hän tunsi itsensä nykyisin turhaksi. Kaikki päivät olivat kopioita toisistaan. Hän heräsi, söi, ajatteli lähtevänsä ulos, makasi sängyllä, yritti lähteä ulos, makasi sohvalla, pisti kengät jalkaan ja seisoi ovella, otti kengät pois ja katsoi telkkaria. Sitten hän katsoi itseään peilistä ja vihasi itseään, makasi vähän lisää sohvalla ja vilkaisi sen jälkeen kelloa ja järkyttyi, koska se oli niin paljon. Koko päivä oli jo mennyt hukkaan, joten tässä vaiheessa hän meni yleensä nukkumaan toivoen aivoverenvuotoa. Joskus hän pakotti itsensä ulos kävelylle, joskus hän kävi suihkussa.

Tuomo oli juuri vajoamassa uneen, kun kännykkä hälytti. Viesti Hullulta Akalta. Tuomoa ärsytti.

"Moi. Mitä teet?"

"Eikö sun pitänyt jättää mut rauhaan?"

"Se oli eilen :) Mitä teet? Luento loppu, ja mulla on nälkä. Tuutko seuraksi kahvilaan?"

Tuomo oli kiitollinen siitä, että hänellä oli oikeasti syy olla lähtemättä.

"Mun kaikki vaatteet on pesukoneessa"

"Ok"

Tuomo pudotti kännykän tyynynsä viereen.

Puolen tunnin päästä ovikello soi ja herätti Tuomon. Hän oli juuri nähnyt unta, jossa oli kulkenut Katrin perässä läpi aution kaupungin keskustan. Missään ei ollut näkynyt ketään muuta, ei edes lintuja. Taivas oli ollut tasaisen harmaa ja kaikuva hiljaisuus paksua kuin vanha puuro. Tuomo oli kuullut vain oman hengityksensä ja askeleensa. Askeleet olivat nostattaneet katupölyä ja pikkukiviä leijumaan seisahtuneeseen ilmaan.

Unessa oli ollut juuri sellainen tunnelma kuin painajaisissa aina oli. Kuin koko maailma olisi odottanut hengitystä pidättäen jotain kamalaa tapahtuvaksi.

Tuomo oli viimein saavuttanut Katrin juostuaan kilometrin tämän perässä. Silloin Katri oli kääntynyt ja Tuomo oli huutanut kauhuissaan, kun oli huomannut, että Katrin molemmat puolet olivat selkäpuolia. Samalla hetkellä muut ihmiset ja liikenne olivat palanneet kaupunkiin tuoden järjettömän metelin mukanaan, ja Katri oli hävinnyt ihmismassaan. Tuomo oli jäänyt kasvottomien ihmisten ja tiiliseinän väliin puristuksiin.

Ovikello soi taas. Tuomo otti kännykän käteensä ja näytteli viestin. Hän ei vaivautunut nousemaan sängystä.

"Oletko se sinä tuolla oven takana?"

":)"

"Ei ole vaatteita."

"Oliko toi kutsu? ;)"

"Ei"

"Avaa ovi"

"Mulla ei edelleenkään ole vaatteita"

"Hyvä ;)"

Ovikello soi taas.

"Mene pois!"

Ja uudestaan. Sitten Ninna alkoi paukuttaa postiluukkua ja laulaa Jaakko-kultaa sanoilla Tuomo-kulta. Tuomo nousi ylös, kääri peiton alaruumiinsa ympärille ja syöksyi ovelle raivoissaan.

"Mulla ei ole vaatteita!" hän sanoi heti avattuaan oven.

"Nyt on. Pistä päälle niin mennään", Ninna sanoi ja ojensi Tuomolle kirpputorin muovikassin. Hänellä oli päässään taas uudenlainen hattu. Siinä oli isompi lieri kuin edellisissä.

"Mitä?" Tuomo tutki tuomisia hämmentyneenä. Kassissa oli musta huppari ja farkut.

"Ei maksanut kuin pari euroa. Siellä oli jokin alennus. Pistä päälle. Nyt muuten näkyy..."

"Hä?"

"Peitto on vähän vinossa..." Ninna sanoi ja hymyili leveästi kääntämättä katsetta pois. Tuomo katsoi alas ja huomasi, että peitto oli valahtanut paljastaen sukukalleudet. Samalla hetkellä naapurin vanha rouva avasi ovensa viedäkseen koiransa lenkille. Kun hän näki Tuomon ja Ninnan, hän kääntyi ympäri järkyttyneen näköisenä, palasi takaisin asuntoonsa ja repi rakkaan lemmikkinsä kynnyksen yli niin rajusti, että se ulahti. Ninna purskahti nauruun, kun ovi paukahti kiinni. Tuomo nosti peittoa paremmin ympärilleen ja yritti olla näyttämättä nolostumistaan.

"Mä saan sun takia vielä häädön", Tuomo sanoi.

"Saat vaan lisää vieraita", Ninna sanoi ja iski silmää.

"Sä lupasit jättää mut rauhaan."

"Mä lupasin häipyä. En luvannut, etten tulisi joskus takaisin. Miten on? Lähdetkö mukaan?"

"En."

"Oletko varma?"

"Olen", Tuomo sanoi ja ojensi muovipussia Ninnalle, mutta tämä ei suostunut ottamaan vaatteita takaisin.

"Mitä mä niillä tekisin? Ei ole mun tyylisiä."

"Mitä mä niillä tekisin?" Tuomo yritti tunkea pussia Ninnalle.

"No, pistät päälle ja lähdet mun kanssa kahville! Ei ole pakko olla kauan niin ehdit sitten sen jälkeen vielä toogailla."

"Ei. En mä. En. En."

Puolen tunnin päästä Tuomo oli Ninnan kanssa kahvilassa. Hän oli sanonut, ettei voisi lähteä, koska Ninnan tuomat vaatteet olivat väärän kokoiset. Ninna oli kuitenkin pakottanut Tuomon sovittamaan niitä, ja koska ne olivat sopineet, Tuomo oli antanut periksi. Hän ei ollut jaksanut enää väitellä.

Ninna oli valinnut kahvilan. Se oli pieni ja intiimi, mikä ei ollut Tuomosta kauhean mukavaa – hänestä tuntui kuin hän olisi murtautunut jonkun olohuoneeseen. Jonkun jolla oli todella huono maku. Seinillä oli romanttisia tauluja paksuissa koristeellisissa kehyksissä ja pöydillä tekoruusuja suurissa lasisissa maljakoissa. Ikkunoissa oli pitsiverhot ja valkoisilla tuoleilla vaaleanpunaiset päälliset. Kaikkea oli liikaa.

Kahvilan sisustus oli Tuomosta niin imelä, että hän menetti makeanhimonsa ja otti pelkän kahvin.

Lisäksi paikka oli liian täynnä ihmisiä. Kaikki muut pöydät olivat varattuja paitsi yksi ärsyttävän pieni, pyöreä pöytä, jolle Tuomo nyt laski tarjottimen. Hän istuutui Ninnaa vastapäätä ja taisteli kasvavaa suuttumusta vastaan.

"Suklaakakkua. Ihanaa!" Ninna intoili ja hieroi käsiään yhteen.

"Ole hyvä", Tuomo sanoi. Hän oli muodon vuoksi luvannut tarjota kahvin ja kakun vastineeksi vaatteista. Ninna oli kuitenkin halunnut kahvin sijaan kaakaota, koska ei jaksanut omien sanojensa mukaan olla joka päivä aikuinen.

Tuomo otti kahvikuppinsa ja työnsi tarjottimen lähemmäs Ninnaa.

"Etkö sä muka halua? Täällä on tosi hyvät kakut! Saat maistaa tästä", Ninna tarjosi.

"En mä nyt", Tuomo sanoi. Hän huomasi tuolinsa keikkuvan kuin yksi jalka olisi kolmea muuta lyhyempi. Hän huokaisi raskaasti.

Ninna kohotti kulmiaan. "Mitä?"

"Ei mitään. Mikä luento sulla oli?" Tuomo kysyi ja yritti tasapainotella tuolin päällä niin, ettei se keinuisi.

"Psykologian."

"Psykologiaa? Meinaatko sä parantaa itsesi?" Tuomo ei voinut olla piikittelemättä.

"Tietenkin."

"Siis... Tuleeko susta psykologi?" Ajatus Ninnasta psykologina huolestutti Tuomoa.

"Ei. Saahan niillä luennoilla käydä kuka vaan. Ne on avoimia", Ninna sanoi ja hörppäsi kaakaota. Hänelle jäi viikset kaakaon päällä olevasta kermavaahdosta, mutta Tuomo ei sanonut mitään vaan myhäili itsekseen.

"Se on mielenkiintoista", Ninna sanoi. "Miten aivot toimii ja muut jutut, mutta ärsyttää kyllä se, kun suuri osa on vaan sellaista arvailua."

"Jaa."

"Siis teorioita. Mä haluan tietää varmasti. Mutta ei kai sitä oikeastaan mitään voi koskaan tietää varmasti."

"Ei voi, ei", Tuomo hymähti ja vaipui katkeriin ajatuksiin. Mitään ei todellakaan voinut tietää varmasti. Elämäsi rakkaus voi milloin vain paljastua petturiksi. Koko elämä voi paljastua valheeksi minä hetkenä hyvänsä, ja sitten ei osaa luottaa enää mihinkään eikä kehenkään.

Tuomo sekoitti kahviaan ja lisäsi siihen hunajaa.

"Tai kun oikeastaan kaikki on kuitenkin lopulta vain omaa tulkintaa niin, voiko mistään sitten tietää yhtään mitään?" Ninna sanoi.

"Mikä on?"

"Maailma. Ihmiset. Et sä näe mitään koskaan sellaisena kuin se on. Sä tulkitset sen."

"Taisit tätä viesteissä selittää", Tuomo sanoi.

"Ai, sä luit ne?"

"En." Tuoli keikahti taas, ja Tuomoa otti päähän.

"Se on huono, jos mielikuva poikkeaa liikaa todellisuudesta", Ninna sanoi ja joi kaakaotaan. Viikset kasvoivat. Tuomo hymyili.

"Sori", Ninna sanoi, "nämä on taas näitä juttuja. Mä mietin liikaa kaikkea."

"Näköjään."

"Kuuluuko puun kaatumisesta ääni silloin, kun kukaan ei ole kuulemassa?"

"Voit viedä metsään kameran", Tuomo huokaisi kyllästyneenä.

"Mutta sitten siinä on kuulija. Jos ei ole aistijaa, ei ole havaintoa."

"Okei", Tuomo sanoi. Hän ei tajunnut Ninnan juttuja eikä ollut enää varma siitä, kumpi heistä oli tyhmä.

"Mutta ihan mielenkiintoisia teorioita kuitenkin. Freudin varsinkin", Ninna naureskeli itsekseen.

Tuomo maistoi kahviaan. Pelottava ajatus kävi hänen mielessään. "Olenko mä sun joku kouluprojekti, vai?"

"En mä tee eläinkokeita. Miten niin?"

"Mietin vaan, että miksi sä kutsuit mut kylään. Ja miksi sä tulit eilen ja tänään?"

"Kaipasin seuraa", Ninna totesi yksinkertaisesti ja otti ensimmäisen haarukallisen suklaakakkua. Kakku oli ilmeisesti herkullista, sillä hän sulki silmänsä ja hymyili leveästi.

"Etkä näköjään ymmärrä, kun joku sanoo ei?" Tuomo sanoi.

"Mitä sä teet? Työksesi siis", Ninna sanoi kuin ei olisi kuullut mitään. Hän avasi silmänsä ja katsoi Tuomoa tarkkaavaisena. Tuomoa ahdisti.

"Olen nyt sairaslomalla", Tuomo sanoi ja tunsi pientä painetta ohimoillaan. Aivan kuin kahvilan puheensorina olisi muuttunut voimakkaammaksi. Lusikat ja haarukat kilisivät vasten kuppeja ja lautasia. Tuomo väisti Ninnan katsetta. Hän halusi väistää koko puheenaiheen.

Tuomo ei halunnut ajatella työtään, koska silloin hän ajatteli sitä, kuinka hänen kesälomansa oli jatkunut sairaslomana. Hän oli ollut niin masentunut, ettei ollut pystynyt keskittymään mihinkään. Kuin hänen aivonsa olisivat olleet täynnä television sähisevää lumisadetta. Hän ei ollut pysynyt perillä päivistä, ei viikoista. Koko elämä oli ollut yhtä merkityksetöntä mössöä. Oli yhä. Ei hän nytkään tiennyt, mikä viikonpäivä oli, mutta ei sillä ollut väliä, koska hän ei käynyt töissä. Hän ei tehnyt mitään.

Tuomo ei halunnut ajatella työtään, koska silloin hän ajatteli syytä sairaslomaansa ja nykyiseen olotilaansa. Hän ajatteli Katria. Hän ei halunnut ajatella Katria.

"Mukava loma?" Ninna sanoi ja söi lisää kakkua.

"Aurinko paistaa ja kaikkea."

"Paistaa risukasaankin."

"Kaikkiin kasoihin", Tuomo sanoi, ja Ninna nauroi. Ninna huomasi sitten itse kermavaahtoviiksensä ja pyyhki ne serviettiin. Tuomoa harmitti.

"Jos en ole sun kouluprojekti," Tuomo sanoi, "miksi sä et vaan jätä mua rauhaan?"

"Haluatko, että jätän?" Ninna kysyi.

"Kerro, mitä sä haluat."

Ninna ei vastannut heti vaan nautiskeli kakustaan.

"Tiedätkö sellaisen sanan kuin *kaveri*?" hän sanoi lopulta. "Eikö voida olla kavereita?"

"Eikö sulla ole muita kavereita?"

"Ei."

"En ihmettele", Tuomo ajatteli vahingossa ääneen. Ninna säpsähti kuin Tuomo olisi lyönyt. Hänen hymynsä muuttui kireäksi, eikä hän enää katsonut Tuomoa silmiin.

"Kiitti", Ninna sanoi. Haarukka kirposi hänen kädestään lautaselle. Tuomo näki, kuinka ilo ja itsevarmuus valuivat hitaasti hänen kasvoiltaan ja niiden alta paljastui eksynyt lapsi.

"Sori", Tuomo sanoi nopeasti. Hänestä tuntui äkkiä aivan samalta kuin silloin, kun hän oli pienenä särkenyt vahingossa äitinsä lempimaljakon. Hän oli pelannut sisällä jalkapalloa, vaikka häntä oltiin kielletty monta kertaa. Pallo oli osunut vaasiin, ja vaasi oli pudonnut lattialle, hajonnut pieniksi sirpaleiksi.

Ninna ei vastannut mitään, vaan tuijotti kaakaonsa pinnalla lipuvaa kermavaahtolauttaa.

Tuomo selvitti kurkkuaan. Hän ei tiennyt, mitä sanoa. Vaikka nainen ärsyttikin häntä, ei hän ollut halunnut loukata tämän tunteita.

"Anteeksi", Tuomo sanoi hetken päästä, "mutta mä en ole kauhean hyvä kaveri tällä hetkellä enkä muutenkaan."

Pieni hymy palasi Ninnan huulille. "Et sä voi sitä tietää, kun et ole itsesi kaveri."

"Anteeksi", Tuomo toisti.

"Unohdin jo koko jutun." Ninna nojautui lähemmäs Tuomoa. "Ollaanko kavereita?"

"Miksi?" Tuomo huomasi, että kun Ninna nojautui eteenpäin, hänen mekkonsa kaula-aukosta näkyi sisälle. Tuomo yritti olla katsomatta.

"Mun mielestä sä olet kiva", Ninna sanoi. "Sä olet hauska."

"Nyt mielikuva eroaa paljon todellisuudesta", Tuomo sanoi. Häntä hermostutti, ja tuoli alkoi keinua.

"En usko."

"Usko vaan." Tuomo ei voinut olla vilkaisematta. Ninna huomasi, missä hänen silmänsä kävivät, ja naurahti. Tuomoa nolotti. Hänen poskiaan alkoi kuumottaa, ja hän olisi halunnut vaihtaa kahvinsa jääveteen.

"No?" Ninna sanoi. "Mitä mieltä olet?"

"Tota...niin. Ihan kiv-- Ei, siis mistä?"

Ninna purskahti nauruun ja nojasi taas tuolinsa selkänojaan. "Että ollaanko?"

"Mitä?"

"Ollaanko kavereita?" Ninna kysyi ja jäi odottamaan vastausta jännittyneen näköisenä.

"No, ollaan sitten", Tuomo sanoi ja nauroi sisäisesti. Keskustelu muistutti kovasti niitä keskusteluja, joita hän oli käynyt hiekkalaatikolla yli 20 vuotta sitten.

Ninna hymyili aurinkoisesti. "No, niin! Lähdetkö mun kanssa shoppailemaan?"

Tuomo oli tukehtua kahviinsa. "Hei, en. En todellakaan."

"Joo!" Ninna hytkyi innoissaan tuolillaan.

"Tästä ei puhuttu", Tuomo sanoi ja pudisti päätään. Hän ei missään nimessä lähtisi kantamaan Ninnan ostoksia.

"Saat valita mulle vaatteet ja mun on pakko sovittaa niitä. Siis jos mä saan valita sulle."

"Sä valitsit jo."

"Mutta en mitään pölöä. Haluan valita pölöt! Ihan kamalat! Ja sä saat valita mulle."

"Mitä järkeä siinä on?" Tuomo ihmetteli.

"Ei mitään!" Ninna vastasi kuin se olisi maailman mahtavin asia. "Siitä tulee hauskaa!"

"En mä. En." Tuomo yritti keksiä nopeasti syyn olla menemättä. "Mun pitää pestä pyykkiä."

"En ymmärrä."

"Mitä?"

"Sanaa *ei*."

"Niinpä niin."

"Lähdetkö? Pliis!" Ninna nojautui taas eteenpäin, ja Tuomon täytyi keskittyä pitääkseen katseensa Ninnan silmissä.

"E--"

"En ymmärrä." Ninna pudisti päätään. Tuomo huokaisi ja sulki silmänsä ärsyyntyneenä. Ninna löi kätensä innostuneena yhteen.

"Eli joo? Hiljaisuus on myöntymisen merkki."

Tuomoa alkoi melkein naurattaa. "Mikäköhän sulle on ei, kun ei on joo ja hiljaisuuskin on joo?"

"Mulle ei voi sanoa ei", Ninna sanoi.

"Etkä ole vielä joutunut poliisin kanssa tekemisiin sen takia?"

"Mennäänkö?" Ninna kysyi. Hän nousi ylös ja alkoi pukea takkia ylleen.

"Kyllä kai sitten..." Tuomo kaatoi viimeisen kahvitilkan suuhunsa ja nousi. Ninnan kanssa oli oikeastaan ihan mukavaa. Ehkä siksi, että Tuomo ei tuntenut itseään ihan niin hulluksi oikeasti hullun seurassa.

"Oletko valmis? Mä olen nyt tosi seksikäs", kuului Ninnan ääni viereisestä sovituskopista.

"Odota!" Tuomo sanoi ja puki vielä paidan päälleen. Hän katsoi itseään peilistä ja purskahti nauruun. Hän näytti älyttömältä hipsterin ja klovnin jälkeläiseltä vihreissä pillifarkuissa, punaisissa henkseleissä ja lilassa t-paidassa, jossa oli oranssi pääkallo.

"Mäkin haluan nähdä!" Ninna huudahti. "Tule ulos!"

Tuomo astui ulos kopista samaan aikaan, kun Ninna hypähti esille viereisen kopin verhon takaa. Tuomo alkoi hekottaa nähdessään Ninnan valitsemassaan asussa. Ninnalla oli yllään leopardikuvioinen minihame, siniset paljettileggingsit, pinkki pusero ja pitkä karvaliivi, jota Ninna oli kutsunut sähköiskun saaneeksi oravaksi. Kokonaisuuden kruunasi baseball-lippis.

Ninna esitteli vaatteitaan kuin malli muotinäytöksessä ja käveli edestakaisin lanteitaan keinuttaen ja hiuksiaan huiskien.

"Älä naura!" Ninna sanoi muka loukkaantuneena. "Tämä oravaperhe on suoraan Pariisista!"

"Putosivat tapaturmaisesti Eiffel-tornista, vai?" Tuomo kysyi suu korvissa.

"Ne luuli olevansa liito-oravia", Ninna selitti.

"Niitä varmasti lohduttaisi tieto siitä, että niiden muistoa kunnioitettiin noin kauniilla tavalla. Ei monesta oravasta tule huippumuotia kuoleman jälkeen."

"Niinpä. Mä taidankin pistää johonkin toiveen, että musta tehdään tällainen, kun kuolen", Ninna sanoi ja silitteli liivin karvaista pintaa.

"Olisi elämällä sitten tarkoitus."

"Tai ehkä musta voisi sittenkin tehdä pitkät kalsarit. Eikö olisi hienoa lämmittää jonkun kankkuja talvipakkasella post mortem? Noi muuten sopii sulle tosi hyvin."

"Joo, mä ajattelinkin", Tuomo sanoi ja poseerasi. Ninna leikki ottavansa valokuvan.

"Ihan on sun tyyliset", Ninna sanoi, otti lippalakin päästään ja pisti sen Tuomolle. "Noin. Nyt olet täydellinen. Sovitaanko me yhteen?" Ninna tarttui Tuomoa kädestä ja talutti tämän vierelleen peilin eteen. Peilikuvan nähdessään hän alkoi nauraa niin, että myyjä tuli katsomaan, mitä oli tekeillä.

Tuomo ja Ninna riisuivat nopeasti sovittamansa vaatteet ja lähtivät ulos kaupasta ennen kuin myyjä kutsuisi vartijan paikalle. He kävivät vielä viidessä vaatekaupassa sovittelemassa rumimpia vaatteita. Sen jälkeen he ostivat hampurilaisateriat, ottivat ne mukaansa ja kävelivät jokirantaan syömään ne.

Ilma oli kaunis ja yllättävän lämmin, joten ihmiset olivat liikkeellä. Lastenvaunujen renkaat rahisivat asvalttia vasten, kengät kopisivat, ja pyöräilijöiden kellot kilisivät, kun jalankulkijat eivät osanneet päättää, kummalla puolella tietä kävelisivät.

Tuomo ja Ninna istuivat penkille ja katselivat joessa uiskentelevia sorsia. Tuomo mietti, olikohan joku niistä sama, jota hän oli vahingossa kivittänyt.

"Mitä sä teet huomenna?" Ninna kysyi avatessaan hampurilaistaan käärepaperista. Tuomo nielaisi suupalansa, jotta pystyisi puhumaan.

"Miten niin?" hän sanoi ja täytti sitten suunsa uudestaan ranskalaisilla.

"Onko sulla illalla menoa?"

"Ei. Miten niin?"

"Nähdäänkö?" Ninna sanoi. "Voin tulla hakemaan sut joskus kuuden aikaan. Hups!" Suolakurkut putosivat hampurilaisesta Ninnan syliin. Hän poimi ne nopeasti ja pisti suuhunsa. Sitten hän etsi paperipussista serviettejä ja pyyhki mekkoaan.

"Mihin?" Tuomo kysyi ja hymyili Ninnan sähläämiselle.

"Mä sain idean", Ninna ilmoitti iloisena.

"Minkä idean?"

"Se on yllätys. Kuudelta?"

Tuomoa alkoi hermostuttaa. "Onko se hyvä idea vai huono idea?"

"En mä tiedä vielä. Se riippuu siitä, onko se sun mielestä hyvä vai huono idea. Jos mä olisin sä, niin ei se mun mielestä olisi huono idea", Ninna sanoi ja haukkasi hampurilaisestaan ison palasen.

"Niin tota..." Tuomo alkoi taas käydä mielessään läpi sopivia tekosyitä, joiden perusteella voisi kieltäytyä tapaamisesta.

"Mutta mä en ole sä, niin en osaa sanoa", Ninna puhui epäselvästi suu täynnä ruokaa. Hän nosti käden nolostuneena suunsa eteen ja piti pienen tauon, jotta sai nielaistua. "Enkä mä oikeastaan vielä tunne sua niin hyvin."

"Mä en ole varma, tykkäänkö mä yllätyksistä", Tuomo sanoi hiljaa ja jatkoi sitten yllättäen kovalla ja kimeällä äänellä, "Jätän sut! Kuksin muuten sun kavereiden kanssa! Yllätys!"

Ninnaa nauratti niin paljon, että limsa, jota hän oli juuri ollut juomassa, purskahti hänen nenästään.

"Ei saa naurattaa, kun toinen juo!" Ninna sanoi, ja kyyneleet valuivat hänen silmistään. Tuomo yritti olla nauramatta liikaa Ninnan hullunkuriselle kärsivälle ilmeelle.

"Sori", Tuomo sanoi ja ojensi Ninnalle nopeasti paperin.

"Kaikki tykkää kivoista yllätyksistä", Ninna jatkoi niistettyään. "Sopiiko sulle kuuden aikaan?"

"Kai se sopii, jos se yllätys ei ole se, että teet musta hanskat."

"Ai. Pitää keksiä sitten jotain muuta", Ninna sanoi.

Tuomo naurahti. "Harmi."

"Kuudelta?"

"No, sovitaan näin."

"Sä saat syödä mun ranskalaiset", Ninna sanoi hetken päästä ja pomppasi ylös.

"Ai, sä lähdet?" Tuomo tunsi yllätyksekseen pientä pettymystä.

"Joo, mun pitää lähteä haukuttavaksi, kun lupasin. Tyttö, kampaa tukkasi!" Ninna sanoi ja heristi sormeaan. "Et kai sä vaan kulje tuon näköisenä kaduilla? Mitä sulla on päässäsi? Tuo mekko on ihan liian lyhyt!"

Tuomosta Ninnan mekko ei ollut liian lyhyt.

"Ja oon hirveä luuseri, kun en ole vielä naimisissa, eikä mulla ole edes lapsia", Ninna jatkoi.

"Mutta et sä ole vanha. Sulla on aikaa", Tuomo sanoi.

"Hei, arvaa mun ikä!" Ninna kehotti ja nojautui Tuomon lähelle.

"Ei, en mä", Tuomo toivoi, että olisi pitänyt suunsa kiinni.

"Arvaa vaan! Onko ryppyjä?"

"En mä uskalla, kun sä tiedät, missä mä asun. Ei kenenkään ikää kannata arvata. Siinä käy vaan huonosti."

"Tylsimys. Ei sitten. Nähdään huomenna. Moikka!" Ninna heilautti kättään ja lähti.

"Moi!" Tuomo huusi Ninnan perään. Ninna kääntyi ja vilkutti uudestaan kävellessään takaperin.

"Var--", Tuomo yritti varoittaa, mutta liian myöhään. Ninna peruutti päin suurta keraamista kukkaruukkua ja oli kaatua selälleen. Tuomoa alkoi naurattaa, ja Ninna kumarsi syvään kuin koko juttu olisi ollut suunniteltu. Sitten Ninna jatkoi matkaansa nenä menosuuntaan. Tuomo istui penkillä ja katseli Ninnan perään, kunnes tätä ei enää näkynyt.

Kun Tuomo avasi kotiovensa, häntä vastassa oli kasa tuoreita mainoksia. Hän noukki ne maasta, tunki vanhojen mainosten seuraksi muovikassiin ja lähti viemään niitä ja pizzalaatikoita kierrätykseen. Palatessaan takaisin hän huomasi, että asunnossa oli ummehtunut haju, joten hän teki uuden reissun roskiksille löyhkäävä roskapussi kädessään. Tämän jälkeen hän pesi pyykkiä, valloitti viimein tiskivuoren ja saalisti villakoiria imurilla ensimmäistä kertaa kuukausiin.

Samalla, kun hän siivosi kämppäänsä puhtaaksi, hän tunsi itsekin puhdistuvansa. Hän puunasi ja jynssäsi, kunnes kaikki pinnat kiiltelivät ja viimeisetkin pölypallot oli pussitettu. Hän vaihtoi lakanat ja, päästyään vauhtiin, järjesteli kaikki cd-levynsä ja elokuvansa aakkosjärjestykseen.

Siivousurakan päätteeksi Tuomo ihaili työnsä jälkeä ja harmitteli sitä, ettei kukaan ollut näkemässä. Hänen asuntonsa näytti pitkästä aikaa hyvältä. Kun tavarat olivat järjestyksessä, Tuomon ajatuksetkin tuntuivat järjestäytyvän aivojen nurkkiin ja jättävän keskelle tyhjää tilaa rauhalle. Tuomo nappasi kännykällä kuvan siististä olohuoneestaan. Sitten hän pisti kuvan kännykkänsä taustakuvaksi muistuttamaan siitä, että hänen pitäisi yrittää pitää koti kunnossa.

Tuomo otti jääkaapista oluen ja istahti parvekkeen poly-rottinkituoliin katselemaan auringonlaskua. Pihalla leikki-vät lapset kutsuttiin sisälle. He vastustivat äänekkäästi, mutta äiti uhkasi Oskaria ja Santeria kotiarestilla, joten viimein he tottelivat. He kävelivät sisälle jalkojaan laaha-ten kuin kuolemaantuomitut hirteen. Tämä näytelmä sai Tuomon hekottamaan ääneen.

Taivas näytti maalaukselta auringon viimeisten säteiden kurkotellessa horisontin takaa. Tummat pilvet lähestyivät pahaenteisesti toisiaan. Voimistunut tuuli leikki puista pudonneilla värikkäillä lehdillä heitellen niitä ympäri pi-haa. Pian sataisi vettä.

Tuomon kännykkä hälytti. Hän oli saanut viestin Hul-lulta Akalta.

"Eikö olekin hieno auringonlasku? :)"

"On :)"

Tuomo odotti minuutin, vastaisiko Ninna. Ei vastannut, joten Tuomo lähetti perään toisen viestin. Liitteeksi hän pisti kuvan siististä asunnostaan, jonka lattioilla oli nyt tilaa kävellä kompastumatta.

"Huomaatko eron?" Tuomo näpytteli ja odotti sitten Ninnan vastausta hymy huulillaan. Viestiääni soi.

"Kävikö sun luona varkaita? Veivät sun pizzalaatikko-kokoelmankin! Järkyttävää!"

Tuomo hymähti.

"Joo. Tein juuri rikosilmoituksen."

"Hyvä. Varkaat pitää saada kiinni. Pärjäätkö?"

"Kyllä tämä tästä. Traumat jää, mutta voin sitten tulla kertomaan siitä seuraavaan lukupiirin kokoukseen. :D"

"Hyvä idea :D"

Tuomoa nauratti. Hän päätti vaihtaa Hullun Akan Ninnaksi, koska jos he kerran olivat kavereita, ei ollut sopivaa pitää nimenä mitään halventavaa. Sitten hän tajusi, ettei tiennyt Ninnan sukunimeä.

"Mikä sun sukunimi on?"

"Miten niin? En mä pöllinyt niitä laatikoita. Älä tee musta rikosilmoitusta! :D"

"Muuten vaan. Mä olen Oksanen."

"Tiedän. T: Virta 27 v."

"Mistä tiedät? (28)"

"Numeropalvelu. Lukee myös sun ovessa, jonka taakse ilmestyn huomenna kuuden maissa. Be ready!"

"Selvä!"

Tuomo katseli parvekkeella maisemia oluesta nauttien. Hän joi vain yhden juhlistaakseen saavutustaan, ei kahtatoista turruttaakseen tunteitaan, kuten aina aikaisemmin.

Pimeyden laskeuduttua alkoi vihdoin sataa, ja Tuomo mietti äitiään, joka oli varmasti heittänyt tämänkin päivän hukkaan odottaessaan sadetta. Nyt äiti sanoisi isälle voitonriemuisena, että säätiedotus oli ollut oikeassa, ja isä pyöräyttäisi salaa silmiään.

Tuomo kaatui puhtaiden lakanoiden väliin tyytyväisenä tähän päivään. Hän oli saanut kerrankin jotain aikaiseksi. Ensimmäistä kertaa pitkään aikaan hän ei toivonut saavansa unissaan sydänkohtausta tai tukehtuvansa tyynyyn. Hän halusi tietää, mitä huominen toisi tullessaan. Hän halusi nähdä Ninnan yllätyksen. Ja Ninnan tietenkin. Nainen oli huvittava, piristävää seuraa.

Ennen kuin Tuomo nukahti, hän selasi vielä kännykkänsä yhteystietoja ja nimesi Katrin Hulluksi Akaksi tuntien suunnatonta mielihyvää.

5

Tuomo istui sohvalla ja vilkuili kelloa. Vielä puoli tuntia. Hänen jalkansa rummutti levottomasti lattiaa. Hän ei ollut jännittynyt pelkästään yllätyksen takia. Myös Ninnan tapaaminen jännitti häntä. Tuomo arveli sen johtuvan siitä, että tällä kertaa tapaaminen oli sovittu, eikä Ninna vain ilmestyisi oven taakse satunnaiseen kellonaikaan.

Ovikello soi tasan kuudelta.

"Oletko valmis?" Ninna kysyi, kun Tuomo avasi oven. Ninnalla oli suuri, ruusunmuotoinen hiuskoriste päässään. Mustassa ruusussa oli harsokangasta, joka peitti toisen silmän. Se ei näyttänyt Tuomon mielestä typerältä, vaan tuntui sopivan Ninnan tyyliin. Ninnalla oli musta, leveähelmainen mekko pitkän takin alla. Ninna oli pistänyt hiuksensa nutturalle ja punannut huulensa. Silmämeikki ei ollut niin vahva kuin yleensä, mikä oli Tuomon mielestä hyvä asia.

"Ollaanko me menossa johonkin hienoon paikkaan?" Tuomo kysyi.

"Sulla on hyvät vaatteet sinne, minne ollaan menossa", Ninna sanoi hyväksyvästi. Tuomolla oli musta kauluspaita ja farkut.

"Hyvä. Sulla on kiva mekko."

"Kiitos. Peittää sopivasti kaikki ongelma-alueet. Paitsi ei valitettavasti persoonallisuutta", Ninna sanoi ja sai Tuomon nauramaan.

"Tota... Niin, mennäänkö me sitten, vai?" Tuomo kysyi epävarmana.

"Joo, mennään", Ninna hymyili, ja Tuomo puki kengät jalkaansa, otti takkinsa naulakosta ja astui käytävälle.

"Mä tulin liian ajoissa", Ninna sanoi, kun Tuomo avasi hänelle hissin oven.

"Ethän. Kuudeltahan meidän--"

"Niin, niin. Tulin liian ajoissa ja sitten piti odottaa tässä käytävällä, kun halusin olla täsmälleen kuudelta", Ninna paljasti, kun hissi lähti liikkeelle. "Katoin kännykästä aikaa, että koska voin soittaa kelloa."

"No, eihän se olisi mitään haitannut, jos olisit tullut ajoissa", Tuomo sanoi.

"Mutta ei se olisi ollut niin jännittävää."

Tuomo pudisti hymyillen päätään. "Jännittävää?"

"Etkö ole koskaan kokeillut?" Ninna kysyi.

"Ai, seissyt oven takana kello kädessä?"

"Niin."

"No, ei ole tullut kokeiltua..."

"Sitten et tiedä, mistä olet jäänyt paitsi", Ninna sanoi ja astui ulos hissistä.

"Mihin me ollaan menossa?" Tuomo kysyi seuratessaan Ninnaa pihalle.

"En mä kerro vielä. Sä näet pian."

Ilma tuoksui raikkaalta. Hiekkalaatikon lapset kääntyivät katsomaan Ninnaa, kun tämä lähestyi vesilätäkköä, mutta lasten pettymykseksi Ninna kiersi lätäkön. Tuomo huomasi, että hänellä oli nyt juhlavat korkokengät jalassaan. Silti hän oli Tuomoa melkein kaksi päätä lyhyempi.

"Mennään bussilla", Ninna sanoi ja he kävelivät pysäkille. Tuomo maksoi myös Ninnan matkan bussikortillaan. He ehtivät istua viiden pysäkin ajan, kun Ninna jo painoi stoppia.

"Jäädään tässä", Ninna sanoi.

"Mennäänkö me nyt sinne mielisairaalaan?" Tuomo kysyi hypättyään Ninnan perässä ulos bussista. "Sehän on tässä lähellä."

"Haluatko sä mieluummin sinne?"

"Riippuu siitä, mikä se toinen vaihtoehto on."

"Aikalailla sama", Ninna sanoi ja hymyili huvittuneena.

"Kerro!" Tuomo pyysi.

"Malta nyt hetki vielä", Ninna kehotti ja näytti jännittyneeltä. He kävelivät vähän matkaa, kunnes Tuomo näki hiekkakentällä suuren, raidallisen teltan ja pysähtyi.

"Ollaanko me menossa sirkukseen?" Tuomo kysyi ihmeissään.

"Yllätys!" Ninna huudahti ja jäi katsomaan Tuomoa reaktiota odottaen. Tuomo oli hetken aikaa sanaton, koska ei ollut osannut odottaa mitään tällaista.

"Okei", Tuomo sanoi lopulta ja alkoi sitten nauraa Ninnan myrtyneelle ilmeelle. "Mitä?"

"*Okei?* Aika laimeaa. Yritä uudestaan!"

"Hienoa. En olekaan koskaan ollut sirkuksessa. Kiitos", Tuomo sanoi. "Parempi?"

"Et koskaan?"

"En."

"No, sittenhän tämä oli tosi hyvä yllätys." Ninna hymyili leveästi.

"Tykkäätkö sä sirkuksesta?" Tuomo kysyi.

"Joo, mutta pellet on pelottavia. Ja huvipuistoissa naurutalot on mun mielestä paljon karseampia kuin kummitusjunat."

"Pelottavia?"

"Niin. Ne näyttää ilosilta, mutta ei ne oikeasti ole."

"Miten niin?" Tuomo kummasteli. Hän arveli kuulevansa taas jonkin erikoisen teorian eikä pettynyt.

"Ne esittää", Ninna aloitti. "En mä tiedä. Musta on aina tuntunut siltä. Ne hymyilee, mutta vain saadakseen muut iloisiksi. Ne naamioi itsensä niin, ettei niistä voi tietää, mitä ne oikeasti ajattelee tai tuntee."

"Okei", Tuomo totesi.

"Mä selitän ihan tyhmiä taas", Ninna naurahti. "Tule!" Hän lähti kävelemään edeltä, ja Tuomo seurasi perässä.

"Miksi sä toit mut tänne, jos et kerran tykkää sirkuksesta?" Tuomo kysyi ja mietti samalla, miten Ninna oikein liikkui lyhyillä jaloillaan niin nopeasti.

"Kyllä mä siis muista jutuista tykkään, mutta en pelleistä. Ja toin sut tänne, koska kaikki normaalit ihmiset tykkää sirkuksesta ja tulee hyvälle tuulelle", Ninna sanoi ja värisi, kun kylmät väreet kulkivat hänen selkäänsä pitkin. "Katso nyt. En voi edes puhua pelleistä."

"Otan tuon kohteliaisuutena. Siis sen, että lasket mut normaaliksi ihmiseksi", Tuomo sanoi.

"Joo, ota ihmeessä."

Hiekkakenttä oli täynnä sirkuslaisten rekkoja ja eläinten aitauksia. Nauravat lapset hyppivät innoissaan laaman aitauksen edessä. Laama ei näyttänyt innostuneelta.

Ninna pysähtyi teltan oviaukolle ja kaivoi laukustaan kaksi lippua. "Meillä ei ole mitkään parhaimmat paikat. Toivottavasti ei haittaa", Ninna sanoi. "Paremmat oli menneet."

"Mitä? Sulla on jo liput?" Tuomo ihmetteli. "Mä voin maksaa sulle takaisin--"

"Ei tarvitse. Koska sulla on synttärit?"

"Kuukauden päästä."

"No, tämä oli tällainen etukäteinen synttärilahja. Onnea!"

"Ei, mä haluan maksaa takaisin", Tuomo vänkäsi. Hän ei erityisemmin pitänyt siitä, että joku tarjosi hänelle jotain, koska hänestä tuntui silloin, että hän jäi jotain velkaa.

"Sä voit ostaa meille jotain evästä", Ninna ehdotti.

Tuomo katsoi ympärilleen. Teltan edustalla oli erilaisia kojuja, joissa myytiin herkkuja ja krääsää. Yhden krääsäkojun edessä seisoi vaaleahiuksinen nainen miehen kanssa. Tuomon keho reagoi ennen kuin aivot tajusivat miksi. Kuin sähkö olisi hulmahtanut hänen ruumiinsa lävitse. Iho kihelmöi ja tuskanhiki nousi pintaan. Sydän muljahti ilkeästi.

"Mitä?" Ninna kysyi, mutta Tuomo katsoi mykkänä eteensä eikä vastannut. Ninna seurasi hänen jähmettynyttä katsettaan. "Onko tuo Katri?"

"On", Tuomo sai sanottua ja nielaisi. "Ei tässä mitään." Hänen kurkkuaan kuristi. Hänellä oli epätodellinen olo. Hän halusi kuolla. Hän puristi kätensä nyrkkiin ja painoi kyntensä kämmeniensä ihoon. Hän yritti keskittyä kipuun ja sulkea muun maailman ulkopuolelle.

"Mennäänkö jo sisälle telttaan?" Tuomo kysyi. Hänen oma äänensä kuulosti siltä, että se tuli jostain kaukaa.

"Ei vielä", Ninna sanoi, tarttui Tuomoa kädestä ja nosti sen harteilleen. Ninna vaihtoi oikeassa kädessään olevan sormuksen vasemman kätensä nimettömään ja vinkkasi Tuomolle ovelan näköisenä. Sitten Ninna kietoi oman kätensä Tuomon selän taakse ja työnsi tätä eteenpäin. "Tule!"

"Ei. Mitä? En. Mitä?" Tuomo panikoi, mutta oli liian myöhäistä. Katri oli jo nähnyt heidät.

Katri näytti ensin pelästyneeltä, mutta nosti sitten nopeasti leukansa pystyyn. Hän tarttui vieressä olevaa miestä kädestä ja hymyili leveästi Tuomon ja Ninnan lähestyessä.

Katrin käsipuolessa oleva mies oli kunnon sikaniskakaappi. Hänen takkinsa näytti kireältä. Tuomo oli varma siitä, että jos mies pullistaisi lihaksiaan, takki repeäisi. Mies oli nostanut hiuksensa geelillä typerästi pystyyn, ja hänen päänsä näytti aivan liian pieneltä muuhun kehoon verrattuna.

"Kappas, tuttuja. Moi!" Katri tervehti tekopirteästi, kun Tuomo ja Ninna pysähtyivät heidän eteensä. Tuomo nyökkäsi tervehdykseksi.

"Mitäs sinä täällä?" Katri jatkoi ja oli selvästi hieman puolustuskannalla. "Mitä kuuluu?"

Tuomo ei ollut ensin saada sanaa suustaan, mutta Ninna puristi häntä takapuolesta, ja se sai hänet valpastumaan.

"Hyvää. Hyvää kuuluu", Tuomo sanoi ja tunsi toisen puristuksen takapuolessaan. "Ja tässä on Ninna", Tuomo esitteli. Ninna tarttui reippaasti Katrin käteen ja näytti rutistavan kovaa. Jos tilanne ei muuten olisi ollut niin kamala, Tuomo olisi alkanut nauraa, kun Katri hieroi sormiaan kättelemisen jälkeen.

"Moi. Hauska tutustua. Olenkin kuullut susta paljon", Ninna sanoi hymyillen mutta äänensävyllä, josta kävi selväksi, että kuultu ei ollut mitään hyvää.

"Katri. Tosi hauska tutustua", Katri sanoi ja hymyili, jos mahdollista, vielä Ninnaakin leveämmin. Hänellä oli yllään kireä vaaleanpunainen toppi, pillifarkut ja farkkutakki. Topissa oli niin avonainen kaula-aukko, että punaiset pitsirintaliivit vilkkuivat. Katri oli taas vaalentanut hiuksiaan. Ne olivat melkein valkoiset. Hänellä oli jättimäiset tekoripset, ja ne näyttivät painavan hänen luomensa puolittain kiinni. Kyntensäkin hän oli laittanut kuten aina ennenkin.

Ennen Tuomolle oli tullut Katrista mieleen Barbie. Nyt hänelle tuli mieleen vaaleanpunainen korppikotka.

Tuomo oli pelännyt luhistuvansa täysin, jos näkisi Katrin jossain, mutta ei tilanne tuntunutkaan ihan niin kamalalta. Hän katseli naista, jonka kanssa oli viettänyt vuoden ja huomasi miettivänsä, kuka tuo ihminen oikein oli. Katri ei oikeastaan edes näyttänyt tutulta. Se ei ollut se sama Katri, jonka hän muisti. Hänen muistamansa Katri oli suloinen ja nauravainen, joskus vähän hölmö, mutta aina itsevarma ja äärettömän seksikäs. Tämä Katri oli jotain muuta. Vai oliko tämä oikea Katri, jonka Tuomo näki nyt ensimmäistä kertaa, kun pyyteetön rakkaus ei enää vääristänyt näkymää?

Tuomon mieleen palasivat taas Ninnan puheet mielikuviin rakastumisesta. Oliko hän todella rakastunut olemattomaan? Tuomo tunsi itsensä surkeaksi. Hän oli menettänyt tärkeän ihmisen, mutta sitä ihmistä ollut edes koskaan ollut olemassa. Oli olemassa vain tämä toisenlainen Katri, joka oli pettänyt häntä.

Miksi hän haluaisi tällaisen naisen takaisin elämäänsä? Ei hän kai halunnutkaan. Katri oli pettänyt hänen luottamuksensa, käyttänyt julmasti hyväkseen ja varastanut vuoden aikaa.

"Ja kukas tämä on?" Ninna kysyi Katrilta iloisesti ja katsoi Katrin vieressä seisovaa gorillaa.

"Ömm...", Katri mumisi ja punaiset laikut ilmestyivät hänen poskilleen. Tuomo vilkaisi Ninnaa, joka hymyili kuin olisi alkanut sataa karkkia.

"Saku", mies sanoi lopulta ja ojensi kätensä Ninnalle ja sitten Tuomolle. Miehen ääni oli yllättävän korkea.

"Tuomo." Tuomo kätteli miestä, ja vahingonilo kehräsi hänen sisällään kuin lihava, kylläinen kissa auringonpaisteessa. Tuomo halusi nähdä Katrin häpeävän. Jos tämä ei suostunut häpeämään pettämistä, hävetköön jotain muuta.

"Oletteko ensitreffeillä, vai?" Ninna kysyi. "Ei sitä aina heti nimeä muista. Mikä sä olitkaan? Tuomas?" Ninna pelleili.

"Tuomo!" Tuomo sanoi näytellen vihaista.

"Toisilla", Saku sanoi ja vilkaisi Katria, jonka poskien väri syveni entisestään.

"Niin tosiaan te soititte mulle yksi päivä", Katri sanoi sitten kireä hymy huulillaan. Hän yritti selvästi nolata Ninnan kostoksi.

"Joo, hupsista!" Ninna naureskeli muka häpeillen. "Anteeksi. Mä olen Tuomolle sanonut, että kännykkä pitäisi aina pistää pois. On siis meinannut käydä vastaavaa ennenkin." Ninna painautui Tuomon kainaloon.

"En mä ehtinyt", Tuomo sanoi lähtien mukaan esitykseen. Ninna katsoi Tuomoa rakastuneesti, silmät loimuten ja sipaisi hiuksiaan vasemmalla kädellä niin, että Katri huomasi sormuksen.

"Ai", Katri sanoi äimistyneenä, "te olette kihloissa, vai?"

"Joo", Tuomo myönsi ja hymyili koko ajan leveämmin. Tuomo tiesi olevansa lapsellinen, mutta yhtäkkiä hän halusi vain kostaa. Hän halusi nolata Katrin, kuten tämä oli nolannut hänet.

"Koska te tapasitte?" Katri uteli otsa rypyssä.

"Ei siitä kauan ole", Ninna sanoi. "Tiedäthän, kyllä sen heti tietää. Kun se iskee, se iskee kunnolla."

Katri nyrpisti nenäänsä ja mutristi suutaan. Sakun vaivaantunut katse pallotteli naisten välillä. Hänellä ei selvästikään ollut käsitystä siitä, mistä oli kyse. Tuomon kävi häntä vähän sääliksi.

"Oletko sä täällä esiintymässä?" Katri kysyi sitten Ninnalta, koska ei selvästikään kyennyt enää hillitsemään itseään.

"En. Kuinka niin?" Ninna hymyili viileästi.

"Ai, anteeksi. Ajattelin vaan, kun sulla on tuollaiset vaatteet."

"Ei se mitään", Ninna sanoi suloisella, myrkkyä tihkuvalla äänellä. "Ainakin mun vaatteet pysyy päällä."

Katrin naama lehahti tulipunaiseksi. Tuomo peitti naurahduksensa yskänpuuskalla.

"Oi, rakas. Tarvitsetko juotavaa? Käydään ostamassa!" Ninna sanoi ja löi Tuomoa selkään. "Sori, meidän pitää nyt mennä ennen kuin tämä yksi tukehtuu. Oli tosi kiva tutustua, Saku. Katri." Ninna tarttui Tuomoa kädestä ja veti tämän herkkukojun jonon jatkeeksi.

"Loistavaa", Tuomo kuiskasi Ninnalle.

"Katso, mä tärisen! Anteeksi, mutta mun teki mieli kuristaa se ämmä", Ninna kuiskutti yhteen purtujen hampaiden lomasta. "Voi ei! En saisi sanoa noin, kun se ihminen on ollut sulle tärkeä. Mutta *oletko sä täällä esiintymässä?*" Ninna matki Katrin ääntä melko taitavasti. "Mikä lehm-- Oi, hei! Kaksi juotavaa ja yhdet isot popparit, kiitos!"

Selvimmin esityksestä Tuomon mieleen jäi pellenumero. Ei sen vuoksi, mitä lavalla tapahtui, vaan sen vuoksi, että Ninna nojautui häntä kohti klovnien tullessa lavalle. Tuomo aisti hänen vartalonsa lämmön ja hänelle tuli kuuma.

"Mä en tykkää pelleistä", Ninna mutisi hiljaa ja näytti huolestuneelta.

"Kyllä sä selviät", Tuomo lohdutti. "Katso nyt! Ne on ihan kivoja."

Ninna pudisti päätään. "Ne haluaa, että sä uskot niin ja tulee murhaamaan sut yöllä. Voi ei!" Ninna tarttui Tuomoa kädestä, kun yksi pelleistä lähti kiipeämään yleisön sekaan. "Ei, ei, ei... Tämä oli sittenkin tosi huono idea." Ninnan ote Tuomon kädestä tiukentui mitä lähemmäksi pelle tuli. Pelle käveli kuitenkin ohi ja valitsi uhrinsa toisaalta. Kalju mies sai pelleltä suukon päälaelle.

Ninna painautui kiinni Tuomoon, ja Tuomo haistoi hänen makean parfyyminsa.

"Oikeesti, mä en kestä. Sano sitten, kun se on mennyt takaisin tuonne alas", Ninna pyysi, ja Tuomo lupasi. Tuomo tunsi olonsa samaan aikaan rennoksi ja jännittyneeksi. Hänellä oli hyvällä tavalla omituinen olo, kun Ninna piilotteli hänen kainalossaan, kunnes pelle viimein palasi alas estradille.

"Oliko se niin kamalaa?" Ninna kysyi Tuomolta pitkän hiljaisuuden jälkeen. He kävelivät puistossa ja repivät palasia yhteisestä hattarasta. Oli jo hämärää. Molemmat olivat olleet ajatuksissaan. Tuomo oli miettinyt, miksi puiden lehdet vaihtoivat syksyllä väriä. Sekin oli joskus opetettu koulussa, mutta ei hän enää muistanut kunnolla. Hänellä oli hatara mielikuva siitä, että lehtivihreä kulkeutui talveksi puun runkoon. Ei hän kuitenkaan ollut varma. Eikä hän muistanut, miksi lehdet olivat juuri punaisia ja keltaisia.

"Ai, sirkus. Ei", Tuomo sanoi.

"Ei vaan Katri. Siis se kun se oli tuolla."

"Ai... Ei kai. Ei. Se oli vaan tosi outoa." Tuomo potkaisi hiekkatiellä olevaa isoa kivenmurikkaa. Se singahti lyhtypylvääseen. Tolppa kalahti ja valo sammui. "Hups!"

Ninna hekotti. "Mun kotikadulla oli lamppu, joka sammui, kun sen ohi käveli. Tai ensin se sammui, kun sitä potkaisi. Sitten, kun olin potkinut tarpeeksi, se sammui, kun käveli ohi. Leikin sen kanssa pienenä. Kävelin edestakaisin", Ninna sanoi. "Aika ennen kännyköitä ja tietokoneita."

Tuomo naurahti. "Huligaani."

"Vähän joo."

Keveä iltatuuli kahisutti ruohikon keltaista vaahteranlehtimerta. Lehdet pyörivät vähän matkaa ja jäivät sitten paikoilleen odottamaan uutta puhallusta. Liikenne hurisi hiljaa taustalla. Jossain mopoilija kiihdytti kovaan vauhtiin. Moottorin pärinä loittoni ja loittoni, kunnes lakkasi kuulumasta.

Tuomosta syksyssä oli aina ollut samaan aikaan jotain surullista ja kaunista. Hän piti puiden väreistä ja syksyn tuoksusta. Ilma oli raikas ja kepeä. Mutta häntä ahdisti lisääntyvä pimeys. Se pyyhki hymyn ja rusketuksen ihmisten kasvoilta, toi tilalle alakuloa ja epätoivoa.

"Mä luulin, että se olisi jotenkin erilainen", Ninna sanoi. Tuomo säpsähti hereille mietteistään.

"Mikä?"

"Katri siis", Ninna selvensi.

"Miten niin?" Tuomo kysyi.

"Tai siis ei... Ei mitään."

"Sano nyt vaan." Tuomo halusi tietää, mitä Ninna oli ollut sanomassa.

"Ei se näyttänyt sun tyyliseltä", Ninna sanoi hitaasti kuin harkitsisi jokaista sanaansa tarkkaan.

"No, ei se kyllä näytäkään. Ei sen näköinen nainen halua olla tällaisen miehen kanssa. Pelataan ihan eri sarjassa."

"En mä sitä. Tai no niin kyllä pelaatte. Mutta niin päin, että mitä tuollainen mies tekee sellaisen naisen kanssa."

Tuomo naurahti. "Just joo."

"Oletko koskaan katsonut peiliin?" Ninna kysyi.

"Valitettavasti", Tuomo vastasi.

"Lopeta! Mä en tykkää siitä, kun joku väheksyy itseään."

Tuomo ja Ninna olivat taas pitkään vaiti. Hattara loppui. Tuomon sormia alkoi paleltaa, joten hän pisti kätensä taskuun. Viimein hän rikkoi hiljaisuuden.

"Minkä takia sä lähdit mun perään silloin sieltä lukupii-
ristä?"

"Koska sä unohdit sun kaulahuivin", Ninna sanoi.

"Ai niin."

"Ja mä halusin yrittää auttaa. En onnistunut kauhean
hyvin. Meni vähän yli."

"No, niin", Tuomo myönsi.

"Kun mä tiedän, miltä susta tuntuu. Tai vähän jotain
sinnepäin", Ninna sanoi.

"Ai."

"Rakkaimmat ihmiset on niitä, jotka voi satuttaa sua
pahimmin. Sen takia kannattaa yrittää valita ne tarkkaan."

"Niinhän se kannattaisi."

"Siis ne, jotka voi valita. Kaikkia ei voi. Ei voi päättää,
mihin perheeseen syntyy. Mutta voisi itse yrittää pitää
huolen siitä, ettei perusta kamalaa perhettä ja sitten kiduta
lastaan hulluksi." Ninna kuulosti katkeralta.

"Joo."

"Pitää valita ympärilleen ihmisiä, jotka vahvistaa sua.
Ei ihmisiä, jotka repii sut kappaleiksi ja vielä nauttii siitä,
kun voi tehdä niin."

Tuomo nyökkäsi. Sora rahisi heidän jalkojensa alla.
Ninna hypisteli hattarasta jäänyttä tikkua käsissään.

"Me eletään vain kerran", Ninna jatkoi taas. "Aikaa ei ole rajattomasti. Ei siitä kannata tuhlata hetkeäkään sellaisiin ihmisiin, jotka ei ole sen arvoisia."

"Ei kannattaisi", Tuomo sanoi. "Mutta ei se ole niin helppoa."

"Ei niin. Mutta esimerkiksi *en halua mitään vakavaa tällä hetkellä* tarkoittaa aina *en halua mitään vakavaa sun kanssa*. Ei kannata olla tyhmä. Ei ole olemassa mitään väärää ja oikeaa ajoitusta. On olemassa vain vääriä ja oikeita ihmisiä."

"Niin kai", Tuomo sanoi hiljaa. Hän vilkaisi sivusilmällä Ninnaa. Tämä näytti vakavalta.

"Tietenkin sen oikean tunnistaminen on vaikeaa, kun mistään ei voi olla varma, mutta jos sulla on sellainen *ehkä ei* -tunne, et saa tuhlata toisen aikaa", Ninna sanoi. "Sen tunteen pitää olla *ehkä joo*. Tajuatko sä yhtään, mitä mä yritän selittää?"

"Tajuan. Kai."

"Siis pitää olla rehellinen. Pitää kertoa, mitä ajattelee. Ei toinen voi lukea ajatuksia. Pitää haluta samaa."

"Niin."

"Rakkaus on perseestä."

"On." Tuomo huomasi, että oli puristanut kätensä taskussa olevan kännykän ympärille. Hän päästi irti.

"Sä olit niin surullinen, ja mä tiedän sen tunteen. Ihan kuin olisi musta, märkä kangas naamalla. Sen läpi ei näe, ja se tukehduttaa", Ninna kuvaili, ja Tuomo nyökkäsi hiljaisena. Hän tunnisti tunteen, ja häntä kylmäsi.

"Millään ei ole mitään merkitystä", Ninna jatkoi soinnittomalla äänellä. "Ei halua kuolla, mutta ei oikein jaksa enää elääkään."

Tuomo katsahti taas Ninnaan, joka piti katseensa tiukasti edessä ja puri huultaan. Katulamput heijastuivat hänen kostuneista silmistään.

"Elämäkin on välillä perseestä", Ninna sanoi.

"On", Tuomo myönsi. "Aika usein."

"Mikä siinä on, että aina haluaa sellaista, mitä ei kannattaisi haluta?" Ninna huokaisi. "Tai sellaista, mitä ei voi saada?"

"Jaa-a."

"Sitä haluaa ihmisen, joka ei rakasta sua. Ihmisen, joka haluaa oikeasti vain käyttää hyväksi. Siinä ihmisessä näkee jotain, mitä siinä ei oikeasti ole."

"Niin."

Ninna käänsi päänsä pois päin, ja Tuomo näki, kuinka hän pyyhki vaivihkaa silmänsä. Sitten hän kääntyi katsomaan Tuomoa hymyillen.

"Se on oikeasti niin kuin jokin sairaus. Rakkaus siis. Minä sairastan sinua."

Tuomoa nauratti.

"Halusin siis auttaa. Siksi lähdin sun perään", Ninna sanoi.

"Kiitos", Tuomo sanoi.

"Ja anteeksi, kun nauroin", Ninna lisäsi.

"Nauroit?"

"Siis siellä lukupiirissä. Se oli vaan niin hassua, kun olit väärässä paikassa."

"Olihan se", Tuomo sanoi ja huomasi sitten Ninnan hytisevän. "Sulla on kylmä."

Ninnan takki ei näyttänyt kovinkaan lämpimältä. Tuomo mietti, pitäisikö hänen antaa oma takkinsa Ninnalle.

"Joo, pitäisikö lähteä?" Ninna sanoi.

"Lähdetään."

Koko bussimatkan Ninna katsoi vaiteliaana ulos ikkunasta. Tuomo katseli Ninnaa ja mietti, mitä tämä mahtoi ajatella. Linja-auton tasainen hurina väsytti.

"Nähdäänkö huomenna?" Ninna kysyi, kun Tuomo painoi stoppia pysäkkinsä lähestyessä.

"Ai, sä jatkat tällä?" Tuomo sanoi.

"Joo. Mut siis huominen?"

"Nähdään vaan", Tuomo hymyili.

"Hienoa! Lupaan, etten puhu tällaisia masentavia juttuja. Tehdään jotain kivaa. Tehdään jotain, mitä ei olla koskaan vielä tehty."

"Ja...mitä se on?" Tuomon ajatukset laukkasivat.

"Siis jotain sellaista, mitä kumpikaan ei ole ikinä ennen tehnyt", Ninna selitti. "Vaikka... No, oletko ratsastanut?"

"Olen mä joskus pienenä ponilla." Tuomo hymyili muistolle. Poni ei ollut liikkunut Pikku-Tuomon mielestä tarpeeksi nopeasti, joten hän oli alkanut itkeä.

"Ja isompana horatsulla", Ninna sanoi.

"Mitä?" Tuomo tyrskähti.

"Mutta siis jotain pientä. Mieti joku juttu huomiseksi. Sellainen uusi juttu, mitä haluaisit kokeilla."

"Okei", Tuomo sanoi, kun bussi pysähtyi. Ninna halasi häntä nopeasti. "Kiitos", Tuomo kiitti vahingossa halauksesta.

"Neljältä", Ninna sanoi.

"Okei", Tuomo sanoi, nousi ylös ja hyppäsi ulos bussis-
ta. Ninna vinkkasi hänelle ikkunasta, kun auto jatkoi mat-
kaa.

104

6

Tuomo seisoi eteisessä ovensa takana ulkovaatteet päällä jo viittä vaille neljä. Hän katsoi kännykästään aikaa ja avasi oven heti, kun näyttöön vaihtui 16:00. Oven edessä ollut Ninna pomppasi säikähtäneenä askeleen taaksepäin. Hän oli selvästi aikonut juuri soittaa ovikelloa, koska hänen kätensä oli ojossa. Ninnalla oli päässään tummansininen baskeri, jossa oli musta rusetti, ja kasvoillaan luonnollinen meikki. Tuomo pani nyt merkille, kuinka sinisiltä Ninnan hämmästyksestä laajenneet silmät näyttivät. Hattu kai korosti niiden väriä.

"Olit oikeassa", Tuomo myönsi. "Tämä on jännää."

Yllättynyt Ninna purskahti nauruun ja nosti käden rinnalleen. "Mä sain sydänkohtauksen! Se olikin tämän päivän ensimmäinen uusi asia."

"Mitä seuraavaksi?" Tuomo kysyi.

"Mä tiedän!" Ninna ilmoitti innoissaan.

Pian Tuomo ja Ninna seisoivat lävistys- ja tatuointiliikkeen näyteikkunan edessä. Ninna puri huultaan ja vaihteli painoa jalalta toiselle.

"Voi hitsi. Sattuukohan se?" Ninna mietti ääneen.

"Ei kai kauheasti ainakaan. Eihän ihmiset muuten tekisi sitä."

"Tekeehän ihmiset paljon kaikkea tyhmää vaikka sattuu."

"No, se on kyllä totta." Tuomo yritti nähdä näyteikkunasta liikkeen sisälle, mutta ei nähnyt mitään. Sisällä oli pimeää ja ulkona paistoi aurinko. Hän mietti, miksi tällaiset liikkeet olivat aina niin hämärän näköisiä. Aivan kuin takahuoneessa myytäisiin nyrkkirautoja, huumeita ja naisia.

"Olisi vaan hyvä, jos korvissa olisi reiät. Ihmiset voisi antaa lahjaksi korvakoruja", Ninna sanoi, "kun ne antaa niitä aina muutenkin, vaikka ei ole reikiä. Sain ylioppilaslahjaksi kaikilta korvakoruja. Mitä mä niillä teen?" Ninna tuhahti ärsyyntyneenä. Hän alkoi kävellä hermostuneena ympyrää.

"Anna eteenpäin", Tuomo ehdotti.

"Mutta ne on hienoja", Ninna sanoi.

"Ota reiät."

Ninna pudisti päätään. "Eikö muuten olekin outoa, että kaikki elämän isot juhlat tuntuu olevan alkupäässä? Mikä kiire ihmisillä on? Mitä sinne loppuun sitten jää?"

"Hautajaiset", Tuomo sanoi nauraen. Ninnan omituinen ajatustenjuoksu huvitti häntä.

"Mutta ei niihin voi edes itse osallistua", Ninna sanoi.

"Voihan. Saa oikein makuupaikan edestä."

"Mä tulen paikalle jonkun liivinä! Ei, vaan kalsareina."

Ninna pysähtyi. Hän veti syvään henkeä, käveli ovelle ja laski kätensä kahvalle.

"Uskallanko mä?"

"Uskallatko?" Tuomo sanoi. Ninnan hermostuneisuus alkoi tarttua häneen.

"Äidin mielestä korvakorut on turhia."

"Jaa."

"Uskallan", Ninna sanoi, veti oven auki ja astui sisälle liikkeeseen. Tuomo tuli perässä ja hämmästyi. Liike ei ollutkaan sisäpuolelta synkkä. Seinät olivat valkoiset, ja niille oli ripustettu värikkäitä kuvia tatuoinneista.

"Moi", omistaja tervehti. Hän oli tatuoitu, kalju mies, jolla oli korvissa venytykset. Tuomo mietti, kuinka idioottimaiselta hän itse näyttäisi tuollaisilla korvilla.

"Moi", Ninna sanoi. "Tämä herra tässä haluaa tatuoinnin. Oikein ison. Koko selkään. Mun nimen."

"Mitä?" Tuomo älähti ja otti vaistomaisesti askeleen ovelle. Tähän hän ei todellakaan suostuisi.

"No, ei nyt kai", Ninna sanoi ja nauroi Tuomon ilmeelle. "Mä haluaisin korviin reiät!"

"Neljä reikää. Nyt äidillä on taas jokin syy valittaa", Ninna sanoi, kun he astuivat ulos liikkeestä. "Kaksi olisi ollut vain turhaa, mutta neljä tekee musta huonon ihmisen."

"Siksikö sä nuo otit?" Tuomo sanoi.

"En. Se on vaan bonus. Mitä nyt tehdään? Sun vuoro!"

Tuomo mietti hetken. "Mä en ole koskaan syönyt simpukoita tai ostereita."

"Hyii!" Ninna älähti ja työnsi kielen ulos.

"Ei meidän ole pakko--", Tuomo sanoi nopeasti.

"Eiku siis hyvä idea, mutta hyi silti. Mä söin joskus vahingossa laivalla. Simpukoita."

"Vahingossa?" Tuomo sanoi. "Kuinka kännissä sä olit?"

"Ei! Luulin, että ne oli jotain friteerattuja kalanpalasia, mutta sitten yhdestä lähti sitä päällistä pois ja huomasin, että se olikin lonkero. Ne oli simpukoita ja mustekaloja. Ne maistu kyllä hyviltä ennen kuin tiesin, mitä ne oikeasti oli."

Tuomo valitsi ravintolan, jonka sisustus oli tyylikäs ja ajaton. Tarjoilija johdatti heidät intiimiin nurkkapöytään. Ravintolassa ei ollut paljon muita asiakkaita. Taustalla soi hiljainen musiikki. Ella Fitzgeraldia, Tuomo tunnisti.

"Hyvä, että päästiin vähän syrjään", Ninna sanoi tarjoilijan mentyä, "kun jos mä sylkäisenkin ne suusta tai jotain." Hän alkoi selata ruokalistaa. Tuomo teki samoin ja yskäisi epäuskoisena katsoessaan hintoja. Hän vilkaisi Ninnaa ruokalistan yli. Tämä hymyili kuin arvaisi, mitä Tuomo ajatteli.

"Kerrankos sitä", Tuomo totesi.

"Hei, pystyyköhän täällä tilaamaan ne osterit ja jälkiruoan samaan aikaan?" Ninna mietti. "Voi syödä jäätelöannosta samalla. Osteria ja sitten jäätelöä peittämään jälkimakua."

Tarjoilija palasi takaisin juotavien kera, ja Ninna esitti kysymyksensä tarjoilijalle. Nainen katsoi heitä kummissaan, mutta sanoi uskovansa, että tilaus onnistuisi.

"Okei. Hienoa. Eli mä otan noita ostereita ja sitten tämän jäätelöannoksen, jota en osaa lausua", Ninna sanoi ja osoitti valitsemaansa jälkiruokaa listalta.

"Sama", Tuomo sanoi ja ojensi menun takaisin tarjoilijalle, joka lähti keittiöön hämillinen ilme kasvoillaan.

"Oletko ikinä syönyt ensin jälkiruokaa?" Ninna kysyi Tuomolta.

"En. Tulee nyt kokeiltua sitten sitäkin."

"Olen huomannut, että välillä pitää kokeilla jotain uutta. Muuten elämästä tulee tylsää", Ninna sanoi ja leikki pöydällä olevalla kynttilällä. Hän kuljetti sormeaan hitaasti liekin läpi. "Joka päivä on helposti niin samanlainen, jos ei näe vaivaa ja tee silloin tällöin jotain uutta. Jos aina vaan tekee samoja juttuja, asiat sumenee, ja sitten se elämä jo menikin. Uudet asiat herättelee tähän hetkeen."

"Mitä uusia juttuja sä olet sitten kokeillut?" Tuomo kysyi. Hän katsoi vähän hermostuneena, kuinka Ninna liikutti sormea kynttilän yllä yhä hitaammin ja hitaammin.

"No, pari viikkoa sitten kokeilin dreijausta", Ninna sanoi. Tuomolla ei ollut hajuakaan siitä, mistä Ninna puhui.

"Mitä se on?"

"Siis sitä, kun tehdään savesta astioita. Kulhoja ja kuppeja. Siinä on se pyörivä alusta ja sitten siihen pistetään

saviklöntti päälle. Ai, samperi. Nyt se poltti!" Ninna ähkäi-
si. Hän upotti sormensa nopeasti jääveteensä.

"Sattuiko?" Tuomo kysyi.

"Vähän. Oma moka", Ninna sanoi. Hän onki jääpalan lasista ja painoi sitä sormeaan vasten. "Niin, siis siitä savi-köntistä muotoillaan juttuja käsien välissä, kun se alusta pyörittää sitä klönttiä. Ei se mun oikein onnistunut."

"Miten niin?" Tuomo uteli.

"Se räjähti siellä polttouunissa", Ninna sanoi pettyneen näköisenä, ja Tuomoa nauratti. Ninna pisti jääpalan suu-hunsa, mutta joutui kohta sylkäisemään sen takaisin lasiin, koska se olikin liian kylmä. Vesi räiskähti hänen kasvol-leen. Tuomo nauroi kovempaa.

"Mitä muuta?" hän kysyi naurunsa lomasta.

"Puhun ihmisille", Ninna sanoi ja kuivasi nenäänsä ser-vietillä.

"Puhut?"

"Vieraille. Se on kivaa. Paitsi ei aina."

"No?"

"Bussissa juttelin yhdelle miehelle. Se selitti, että sillä on koira, joka on kiltti, mutta se voi tappaa", Ninna sanoi ja alkoi sitten esittää humalaista miestä. "Se on lempeä.

Lempeä. Oikein lempeä. Mutta se voi purra. Se voi tappaa! Repiä!"

Ninnan näytelmä oli niin kovaääninen, että salin toisessa päässä oleva keski-ikäinen pariskunta kääntyi katsomaan närkästyneenä.

"Sori!" Ninna huikkasi nolon näköisenä. Pariskunta tuhahteli ja kääntyi takaisin pihviensä puoleen. Ninna nauroi hiljaa.

"Sehän oli mukava heppu", Tuomo totesi.

"Joo. Sitten se vakuutti, että on ihan normaali tyyppi. Mun mielestä on pelottavampaa, jos ihminen sanoo, että se on normaali, kuin jos se sanoisi, että on hullu."

"Miten niin?" Tuomo kysyi.

"No, kun kaikki me ollaan vähän sekaisin", Ninna sanoi."Jos sä väität olevasi ihan normaali, sä valehtelet sen lisäksi, että olet sekaisin."

"Onko noin?"

"On", Ninna sanoi.

"Mitä muuta?"

"Hyppäsin kesällä maauimalassa aika korkealta. Vahingossa mahalleen kyllä, mutta selvisin hengissä. Yksi äijä hyppäsi, ja sen uimahousut putosi. Mä sukelsin ne sille."

"Pitäisi varmaan itsekin kokeilla useammin uusia asioita", Tuomo sanoi ja hymyili. Viime aikoina uudet asiat olivat valitettavasti rajoittuneet eri kebab-pizzerioista tilaamiseen.

"Ai, uimahousujen sukeltamista?" Ninna sanoi.

"Jos ei nyt sitä kuitenkaan", Tuomo sanoi, ja Ninna kikatti.

"Uuden alku!" Ninna julisti ja kohotti valkoviinilasinsa. Tuomo nosti oluensa, ja he kilistivät. Samassa kaksi tarjoilijaa tuli tuomaan heidän erikoisen tilauksensa. Toisella oli kädessään jäätelöt ja toisella ostereita.

"Kiitos", Tuomo kiitti, kun sai lautasen eteensä. Tarjoilijat häipyivät selvästi oudoista asiakkaista vähän kummastuneina.

"Mitenköhän näitä syödään?" Ninna kysyi.

"Eikö ne nopeasti vaan kaadeta tästä kuoresta kurkkuun ja nielastaan?" Tuomo tutkaili annostaan. Se ei näyttänyt kovinkaan houkuttelevalta. Kolme aukaistua osteria jäämurskan päällä, sitruunaviipaleita ja jotain epäilyttävännäköistä kastiketta. Osterit näyttivät harmaalta, tutisevalta räältä. Tuomoa ällötti.

"Kokeillaan." Ninna puristi sitruunaa omien ostereidensa päälle. Tuomo teki saman perässä. "Kolmosella?" Ninna sanoi ja tarttui osteriin. Hän nuuhkaisi sitä ja nyrpisti nenäänsä.

"Yksi..." Tuomo otti kuoren käteensä.

"Kaksi..."

Molemmat kallistivat osterit suuhunsa samaan aikaan.

"Iy!" Ninna ulisi nielaistuaan, joi nopeasti valkoviiniä ja lusikoi jäätelöä päälle. "Mä meinasin tukehtua!"

Tuomon osteri pyöri yhä suussa ja nyt Ninnan ilme alkoi naurattaa häntä niin paljon, että hän purskautti osterin vahingossa takaisin lautaselle.

"Hups!" Tuomo pyyhki nopeasti suunsa lautasliinalla.

"Hei, huijari!" Ninna kiljahti. "Sun pitää syödä ainakin yksi! Uudestaan. Yksi, kaksi, kolme!"

Tuomo kaatoi uuden osterin suuhunsa.

"Maistuu merivedeltä", Tuomo mumisi nielaistuaan. "Ei se maku ole paha, mutta toi rakenne vähän tökkii."

"Mitä järkeä tässä on?" Ninna sanoi ja levitteli käsiään. "Tai siis eikö kannattaisi mieluummin syödä jotain hyvää eikä jotain sellaista, mikä täytyy nielaista nopeasti, ettei tule oksennus?" Ninna vauhkosi, ja Tuomoa huvitti.

"En mä tiedä, miten näitä oikeasti kuuluu syödä", Tuomo sanoi. "Ehkä niitä pitäisi pureskella. En mä tiedä. Eikö ne leffoissa syö niitä näin?"

Ninna mutristi mietteliäänä suutaan. "Useat tuntuu elävän elämää vähän samalla tavalla. Nopeasti vaan nielaisee, jotta se olisi ohi. Koko elämänsä vaan kaipaa johonkin muualle ja jotain muuta. Se tekee sokeaksi sille, mitä tässä nyt on. Voi ei!" Ninna nosti kädet suulleen. "Anteeksi. Mä lupasin, etten puhuisi tänään mitään tyhmää. Nyt olen hiljaa!" Ninna sanoi.

"Puhu vaan. Sulla on mielenkiintoisia ajatuksia", Tuomo sanoi vilpittömästi. Ninnan maailmankuva kiehtoi häntä. Tuomosta tuntui, kuin hän olisi katsonut arvokasta maalausta, josta paljastui koko ajan uusia mielenkiintoisia yksityiskohtia, kun sitä oppi katsomaan paremmin. Ninna sai hänet ajattelemaan asioista eri tavalla, näkemään uutta.

"Näiden mielenkiintoisten ajatusten vuoksi mulla ei ole kavereita", Ninna hymähti. "Olen outo."

"Ethän", Tuomo sanoi.

"Sen takia säkin halusit musta ensin eroon."

"En. Tai okei, mutta ei se väärin ole, se että on outo. Se taitaa itse asiassa olla se syy, miksi mä haluan nyt viettää aikaa sun kanssa."

"Kiitos?" Ninna sanoi ja kurtisti huvittuneena kulmiaan.

"Tai siis... No, toi kuulosti nyt väärältä", Tuomo sanoi.

"Otan sen kohteliaisuutena, mitä se sitten ikinä tarkoittikaan", Ninna sanoi.

"Se tarkoitti, että", Tuomo yritti muotoilla sanansa järkevästi, "sä olet mielenkiintoinen, ja mulla on hauskaa sun kanssa."

"Hyvä", Ninna sanoi ja hymyili, kunnes katsoi lautaselleen. "Voi ei. Onko pakko?"

Tuomo ja Ninna astelivat hiljalleen kävelykadulla. Kauppakeskuksen sisäänkäynnin vieressä teinit seisoskelivat ringissä huonoryhtisinä kuin kantaisivat koko maailman murheita harteillaan. He syljeskelivät ja möykkäsivät. Lappusia jakeleva mummeli katsoi nuoria paheksuen kävellessään ohi ja jupisi näille jotain. Nuoret huusivat kirosanoja perään.

Mummeli tuli Ninnan luo ja lupasi pelastuksen. Hän yritti antaa Ninnalle esitteen, mutta lähti nopeasti pois, kun Ninna ilmoitti olevansa jumala. Tuomo pudisteli huvittuneena päätään.

Ninna pysähtyi tanssimaan bongorumpuja hakkaavien katusoittajien eteen ja repi Tuomon parikseen, vaikka tämä yritti kovasti vastustella. Tuomo tunsi itsensä vuorikiipeileväksi hylkeeksi Ninnan vierellä, mutta Ninnaa hänen kompuroivat tanssiaskeleensa eivät tuntuneet haittaavan. Tämä pyörähteli Tuomon ympärillä kuin vähän humalainen ballerina.

"Oletko ennen tanssinut kadulla?" Ninna kysyi hengästyneenä, kun he jatkoivat matkaa. Soittajat olivat antaneet Ninnalle aplodit, ja Ninna heille kaikki kolikkonsa.

"En. Tuo oli ensimmäinen ja viimeinen kerta", Tuomo mutisi ja suoristi silmälasejaan.

"Älä ole tylsä."

"En olekaan, mutta en osaa tanssia", Tuomo sanoi.

"Osaat", Ninna väitti vastaan.

"Mä olen melko varma, että tuollaista liikkumista ei kutsuta tanssimiseksi. Useimpien mielestä se on sairaskohtaus."

"Oletko keinunut aikuisena?"

"Hä?"

"Keinunut. Keinuissa. Puistossa. Oletko?"

"En", Tuomo sanoi. "Ei aikuisen miehen parane mennä yksinään leikkipuistoon keinumaan lasten kanssa. Ei ole kauhean uskottava tarina poliisien mielestä, kun selittää että halusi vain keinua."

"Mutta nyt me voidaan mennä, koska ollaan kahdestaan, eikä siellä ole enää pikkulapsia tähän aikaan", Ninna sanoi iloisena.

He etsivät leikkipuiston ja valtasivat rengaskeinut, kun hengailevat nuoret siirtyivät kiipeilytelineeseen. Ninna otti hurjat vauhdit. Tuomo yritti, mutta hänelle tuli heti paha olo.

"Aikuisille pitäisi olla leikkipuistoja myös!" Ninna huusi keinun vinkuessa. Tuomo pysäytti vauhtinsa ja yritti pitää osterit sisällään.

"Mä en kestä enää keinumista", Tuomo sanoi kalpeana ja painoi otsansa keinun viileää kettinkiä vasten. Hän sulki silmänsä ja hengitteli rauhallisesti, jotta saisi vatsansa rauhoittumaan.

"Susta on tullut vanha", Ninna sanoi ja hyppäsi keinusta vauhdeista, mutta laskeutuminen ei onnistunut kunnolla. Hän kompastui ja kaatui rähmälleen. Nuoret alkoivat taputtaa ja viheltää.

Tuomo säikähti ja juoksi hekottavan Ninnan luo. "Onko kaikki okei?" hän kysyi ja ojensi kätensä Ninnalle. Ninna tarttui käteen. Hän nousi vaivalloisesti ylös, koska nauroi niin paljon. Ninnan päässä oli hiekkaa ja koivunoksa, jossa oli yksi keltainen lehti.

"Pienempänä se oli helpompaa", Ninna totesi. Tuomo pyyhki hiekkaa pois hänen hiuksistaan.

"Hei, kohta katulamput syttyy!" Ninna kiljahti yhtäkkiä niin että Tuomo pelästyi, koska luuli ensin, että oli kiskonut vahingossa Ninnaa hiuksista.

Oli tosiaan jo melko hämärää. Ninna veti Tuomon perässään kadulle seisomaan. Tuomo otti vaivihkaa oksan pois Ninnan päästä.

"Katso tarkasti tätä maisemaa", Ninna sanoi. "Kohta se tapahtuu."

"Mikä?" Tuomo ihmetteli.

"Lamput syttyy. Se on jotenkin hieno hetki. Päivä taittuu siinä kohdassa iltaan", Ninna selitti innoissaan. "Älä mua katso! Katso lamppuja!" Ninna tiuskaisi, ja Tuomo käänsi katseensa juuri parahiksi nähdäkseen sen hetken, josta Ninna puhui.

Tuomon oli myönnettävä, että oli oikeastaan aika hienon näköistä, kun kadunmittainen lamppujen helminauha leimahti ja rikkoi tiivistyvän hämärän. Valojen oranssi hehku alkoi pienenä kipinänä, mutta vahvistui nopeasti kaiken valaisevaksi hohteeksi. Siinä oli jotain kaunista ja jotain surumielistä, kuten syksyssäkin. Päivä oli päättynyt.

"Näitkö sä?" Ninna kysyi Tuomolta hetken päästä.

"Näin", Tuomo sanoi.

"Joskus pitää vaan pysähtyä ja katsoa uudestaan", Ninna sanoi onnellisena. Tuomo hymyili. Hänestä tuntui kuin hänen sisälläänkin olisi syttynyt lamppu lämmittämään.

Ninna vei Tuomon kokeilemaan karaokelaulua. Tuomo oli tyytyväinen, ettei baarissa ei ollut paljon asiakkaita, koska jo pelkästään Ninnalle, baarimikolle ja pubiruusulle esiintyminen oli niin hermostuttavaa, että Tuomo päätti olla kokeilematta karaokea enää koskaan uudestaan. Ninna puolestaan esiintyi niin luonnollisen seksikkäästi, että baarimikko tarjosi hänelle juotavia ja pyysi tulemaan uudestaankin.

Ilta kului nopeasti. Tuomo ei muistanut, koska olisi viimeksi nauranut yhtä paljon. Hänen vatsalihaksensa sattuivat. Keskiyö oli jo mennyt, kun Tuomo lähti saattamaan Ninnaa kotiin. He kävelivät hiljaisuudessa, mutta se ei haitannut Tuomoa. Hiljaisuus oli leppoisa, ei painostava. Ei ollut pakko sanoa mitään. Sai vain olla.

Pimeältä taivaalta alkoi pudota kylmiä vesipisaroita. Kummallakaan ei ollut sateenvarjoa mukana, mutta Ninnasta sade oli vain hauska asia.

"Ei kastuminen ole inhottavaa silloin, kun on menossa kotiin", hän selitti. "Sitten pääsee kuitenkin lämpimään ja voi vaihtaa vaatteet."

"Mutta mä en näe enää mitään", Tuomo vitsaili ja pyyhki pisaroita linsseistään. Ninna tarttui häntä kädestä.

"Mä voin olla sun opaskoira", hän lupautui hymyillen.

"Hyvä", Tuomo sanoi. Ninnan käsi tuntui pieneltä ja lämpimältä hänen kädessään.

Sade yltyi. Kun he tulivat Ninnan talon pihalle, molemmat olivat jo litimärkiä. He pysähtyivät oven eteen ja katselivat toisiaan. Ninna näytti siltä kuin haluaisi sanoa jotain. Vesi oli levittänyt hänen ripsivärinsä silmien alle.

"Tota. Niin. Nähdäänk--", Tuomo aloitti, mutta Ninna keskeytti hänet.

"Oletko koskaan suudellut sateessa?"

Tuomo oli hetken hiljaa ja nielaisi vaivaantuneena. "En", hän vastasi sitten epäröiden ja ennen kuin hän ehti tajuta, mitä tapahtuu, Ninna oli kietonut kätensä hänen ympärilleen ja painanut pehmeät huulensa hänen huulilleen.

Ja juuri, kun Tuomo olisi vastannut suudelmaan, Ninna perääntyi hymyillen kujeilevasti.

"Nyt olet", hän sanoi ja hävisi sisälle. Tuomo jäi seiso-
maan suu auki sateeseen.

122

7

Kotiin päästyään Tuomo oli aivan märkä ja kylmissään. Hän kökötti kuumassa suihkussa, kunnes hänen ihonsa oli ryppyinen ja vaaleanpunainen. Hän kaatui uupuneena sänkyyn ja hymyili, kun huomasi, että Ninna oli lähettänyt tekstiviestin.

"Nähdäänkö huomenna?"

"Nähdään :)", Tuomo kirjoitti.

"Hyvä. Mulla oli tänään tosi kivaa :)"

"Niin mullakin. Miten korvat voi?"

"Ne on yhä kiinni päässä. Toivottavasti ei putoa yön aikana. Selvisitkö kotiin sateessa ilman opaskoiraa?"

Tuomo nauroi.

"Selvisin :D"

"Hyvä :D Nähdään huomenna! Öitä!"

Tuomo nukahti samalla sekunnilla, kun laski kännykän yöpöydälle.

Kännykän soittoääni herätti Tuomon yhdentoista aikaan. Hän oli ollut niin syvässä unessa, ettei hetkeen tajunnut, mistä elämässä oikein oli kyse. Kesti tovin ennen kuin hän muisti kuka oli, missä oli ja tajusi, että kamala, korvia särkevä melu oli lähtöisin kännykästä eikä ihmisiä syövän hirviön kidasta.

Tuomo nosti kännykän käteensä ja hymyili – Hullu Akka soitti. Ehkä Ninna oli jo tulossa hänen luokseen.

"Moi", Tuomo vastasi.

"Moi", kuului tervehdys toisesta päästä, mutta ääni ei ollut Ninnan. Tuomo nousi nopeasti istumaan sängyn laidalle ja yritti miettiä, miksi ihmeessä Katri soitti Ninnan puhelimesta, kunnes muisti nimenneensä Katrin Hulluksi Akaksi.

Tuomo hämmästyi tajutessaan, ettei ollut itse asiassa edes muistanut Katrin olemassaoloa.

"Oliko sulla asiaa?" Tuomo kysyi vähän epäystävällisemmin kuin oli aikonut.

"Oli joo", Katri sanoi ja rykäisi hermostuneena, mutta ei jatkanutkaan.

"No?"

"Tota... Mä mietin, että ehkä olisi parempi puhua ihan kasvotusten."

"Jaa." Tuomo hieroi unta pois silmistään ja haukotteli.

"Niin", Katri sanoi, "voitaisiinko siis nähdä?"

"En mä oikein tiedä." Tuomon ei tehnyt mieli nähdä Katria.

"Tänään. Vaikka ihan kohta, jos sulla on aikaa. Mä voin tulla sinne", Katri ehdotti.

"Ei", Tuomo sanoi, "mulla on tänään muuta ja--"

"Tai sitten voidaan nähdä siellä kahvilassa, joka on siinä lähellä. Tuletko sinne joskus puolen tunnin päästä?"

"En mä tie--"

"Hetkeksi vaan. Mä haluaisin jutella", Katri sanoi. "Mun mielestä meidän pitää jutella. Hei, tulisit nyt", hän maanitteli.

Tuomo mietti. Tätähän hän oli halunnut pitkään. Silti tapaaminen tuntui nyt jotenkin tarpeettomalta. Hän oli ymmärtänyt, ettei tarvitsisi Katria asioiden selvittämiseen, vaan hänen pitäisi selvittää asiat itsensä kanssa. Toisaalta hän voisi nyt saada vihdoin selityksen. Tapaaminen olisi jonkinlainen piste koko jutulle, yhden ajanjakson päätös.

"No?" Katri sanoi, kun Tuomo oli hiljaa.

"Hyvä on", Tuomo suostui. "Puolen tunnin päästä."

Maa oli märkä, ja pihalla oleva vesilätäkkö oli kasvanut suureksi. Ankea pilvipeite verhosi taivaan reunasta reunaan. Satoi pieniä pisaroita, aivan kuin joku olisi suihkuttanut suurella sumutinpullolla päin kasvoja. Tuomo kietoi huivia paremmin kaulansa ympärille. Kostea kylmyys tunkeutui luihin asti ja sai nenän vuotamaan. Tuuli nipisteli sormia.

Tuomosta tuntui kuin hän olisi kävellyt unissaan. Hän ei voinut käsittää, että oli nyt oikeasti menossa tapaamaan Katria. Tilanne tuntui epätodelliselta. Hän odotti heräävänsä yhtäkkiä omasta sängystään.

Katri ei ollut vielä tullut, kun Tuomo saapui kahvilaan. Lämmin sisäilma tuntui ihanalta kolean vesisateen jälkeen. Tuomo osti itselleen kahvin ja croissantin ja valitsi pöydän ikkunan vierestä. Hän kietoi kohmeiset sormensa kahvikupin ympärille, jotta saisi ne virkoamaan.

Kahvila oli melkein täynnä, ja musiikki soi vähän liian kovaa. Tuomo ei tunnistanut artistia. Hän katseli ympärilleen. Viereisessä pöydässä istui lehteä lukeva, lihava mies. Hänellä oli lautasellaan neljä donitsia. Kahvilan toisella laidalla istui joukko yläasteikäisiä tyttöjä, jotka katselivat kännykästään jotain videota ja nauroivat. Yhden pöydän ääressä nuori pariskunta väitteli olohuoneensa sisustuksesta. Miehen mielestä sohvatyynyt olivat turhia ja keltaiset verhot typerät. Naisen mielestä miehen tietokone vei liikaa tilaa, eikä sitä muutenkaan olisi tarvinnut pitää koko ajan päällä, sillä se lämmitti asunnon liian kuumaksi ja hurisi ärsyttävästi.

Tuomo kaivoi kännykän taskustaan ja katsoi kelloa. 11:49. Katri oli myöhässä kuten aina. Ennen se ei olisi Tuomoa haitannut, mutta nyt häntä ärsytti. Hän toivoi Katrin tulevan pian ja kertovan asiansa nopeasti, koska hän halusi nähdä Ninnan. Tuomoa alkoi hymyilyttää, kun hän ajatteli eilistä iltaa. Hän naurahti vahingossa ääneen, kun muisteli kertomusta vaarallisesta lempeästä koirasta, ja viereisen pöydän mies nosti katseensa lehdestä. Tuomo esitti nähneensä jotain mielenkiintoista kännykkänsä näytöllä.

Hän alkoi selata elokuvateatterin nettisivuja. He voisivat Ninnan kanssa paeta kurjaa säätä teatterin lämpöön. Tuomo toivoi, että ohjelmistossa olisi pelleistä kertova pätkä.

"Moi."

Tuomo säikähti. Hän nosti katseensa ja näki Katrin seisovan edessään. Tuomo oli jo hetkeksi unohtanut, miksi istui kahvilassa.

Katri vaikutti hermostuneelta. Hän hymyili epävarmasti ja oli vähän hengästynyt. Hänellä oli farkkutakkinsa alla tiukka valkoinen pusero, jonka läpi näkyi mustat rintaliivit. Hänen kaulallaan roikkui noin kilon verran kultaketjuja. Vaaleat hiukset leijuivat suurena, tupeerattuna pilvenä pään ympärillä.

"Moi", Tuomo tervehti ja pisti kännykän taskuunsa. "Sulla oli asiaa."

"Joo, tuota..." Katri sanoi. Hän pisti hiuksia korvansa taakse, ja hänen katseensa vuorotteli Tuomon silmien välillä kuin hän ei olisi oikein osannut päättää, kumpaa katsoisi. Sitten hän kumartui äkkiä halaamaan Tuomoa. Tuomo oli hämmentynyt eikä vastannut halaukseen.

"Kiva nähdä", Katri sanoi ja irrotti kätensä viivytellen Tuomon ympäriltä. Katri riisui nopeasti farkkutakkinsa ja istui vastapäiseen tuoliin. Hän katseli Tuomoa liian pitkien ripsiensä alta ja puri huultaan.

"Mä olen nyt miettinyt asioita ja...", Katri aloitti, mutta vilkaisi sitten Tuomon kuppia. "Kahvi voisi muuten maistua."

"No, hae vaan", Tuomo sanoi. Hänen nenäänsä kirveli. Katri oli ilmeisesti ruiskinut koko hajuvesikokoelmansa päälleen. Hän haisi myrkylliseltä.

Katri katsoi Tuomoa hetken otsa kurtussa. Sitten hän kaivoi laukustaan kimaltelevan, pinkin kukkaron, nousi ylös ja lähti tiskille. Tuomo otti taas kännykän esille ja jatkoi elokuvateatterin tarjonnan tutkimista. Vaihtoehtoja oli paljon, mutta ei kuitenkaan yhtään pelle-elokuvaa.

Katri rykäisi. Tuomo ei ollut huomannut, että hän oli jo palannut takaisin pöydän ääreen kahvin kanssa.

"Mitä asiaa sulla oli?" Tuomo kysyi.

Katri naputti kuppinsa reunaa vaaleanpunaisella teko-kynnellään. "Niin tuota... Mä olen tosiaan miettinyt että... Niin mä vaan sitä että--", Katri takelteli sanoissaan.

"Mitä?" Tuomo sanoi.

"Mä mietin, että meidän pitäisi palata yhteen", Katri sa-noi ja kurottautui pöydän yli tarttuakseen Tuomoa kädestä, mutta Tuomo väisti. Katri mutristi tyytymättömänä huuli-aan.

"Mitä?" Tuomo yritti ymmärtää, mitä ihmettä tapahtui. Hänestä tuntui kuin koko maailma olisi yhtäkkiä tullut hulluksi.

"Mä haluan palata yhteen. Voin muuttaa takaisin sun luo", Katri sanoi ja hymyili suloisesti. Tuomo oli hiljaa ja joi kahvia. Katri odotti, että Tuomo vastaisi. Hän nakutti kahvikuppia kynsillään yhä kiihtyvään tahtiin, kun hiljaisuus kesti.

"Tuomo?" Katri sanoi lopulta.

"Miksi?" Tuomo sanoi.

"Mä olen pahoillani kaikesta. Mä... mä rakastan sua."

Siinä ne tulivat. Sanat, joita Tuomo oli odottanut. Sanat, jotka hän oli niin kovasti toivonut kuulevansa.

Tuomo laski kupin takaisin pöydälle eikä sanonut mitään.

"Mä tein virheen", Katri sanoi. Tuomo hymähti.

"Ai, mikä niistä kerroista oli virhe?"

Hän ei olisi halunnut heittäytyä lapselliseksi, muttei voinut sille mitään.

"Hei, älä!" Katri sanoi ja näytti murheelliselta. "Mä tiedän, että tein väärin."

"Hyvä", Tuomo sanoi ja painoi pään käsiinsä. Hänen aivonsa olivat liian täynnä ajatuksia.

"Mä en tiedä, miksi tein niin. Mutta en tee niin enää ikinä. Lupaan", Katri sanoi ja kumartui lähemmäs. "Muistatko viime kesän?"

Tuomo sulki silmänsä ja toivoi, ettei muistaisi.

"Me voidaan olla taas yhtä onnellisia. Tuomo, meidän pitäisi palata yhteen", Katri sanoi ja yritti toistamiseen tarttua Tuomoa kädestä.

"Ei", Tuomo sanoi ja suoristi ryhtinsä. Katri haukkoi hämillään henkeään ja katseli ympärilleen kuin apua etsien.

"Mä rakastan sua, Tuomo", Katri sanoi. "Mä ymmärsin sen, kun nähtiin edellispäivänä. Tajusin, että kaikki tunteet on tallella." Hän painoi teatraalisesti käden rinnalleen.

"Et sä rakasta mua", Tuomo sanoi tyynesti.

"Rakastan! Mä olen ymmärtänyt, että mä olin onnellisempi sun kanssa ja meillä oli mukavaa ja--"

"Ei", Tuomo sanoi.

"Mitä ei?"

"Me ei palata yhteen." Tuomo nousi ylös ja alkoi pukea takkia ylleen.

"Mitä? Miksei?" Katri näytti niin hätääntyneeltä, että Tuomon kävi häntä melkein sääliksi. Katri oli varmaankin kuvitellut, että Tuomo lankeaisi polvilleen hänen eteensä.

"Sähän vielä pari kuukautta sitten lähettelit mulle joka päivä viestejä!" Katri sanoi.

"Niin", Tuomo sanoi ja kietoi huivin kaulaansa."Oliko muuta?"

Katri pisti kätensä puuskaan. "Älä viitsi!"

"Me ei palata yhteen", Tuomo sanoi selkeästi. "Ei siitä tulisi mitään."

"Sähän rakastat mua!"

"En rakasta." Tuomoa alkoi ärsyttää.

"Mitä? Mä olen tässä ja tarjoan itseäni sulle! Tiedätkö, kuinka paljon tämä vaati, että uskalsin tulla tänne!"

"Sä olet tarjonnut itseäsi niin monelle, että tuskin se kovin suuri ponnistus on", Tuomo sanoi ennen kuin ehti estää itseään. "Anteeksi."

"Mitä?" Katri näytti aivan tyrmistyneeltä.

"Missä Saku on?" Tuomo kysyi.

"Kuka?" Katri räpytteli silmiään hämmentyneenä. Sitten hän katsoi olkansa yli, ja Tuomo huokaisi tuskastuneena.

"Sirkus-Saku", Tuomo tarkensi.

"Ai, Saku. Se. Ne. Siis oltiin vaan treffeillä", Katri änkytti ja punastui. "Ei sillä ole nyt mitään tekemistä minkään kanssa."

"Olit treffeillä Sakun kanssa ja yhtäkkiä huomasit, että rakastatkin mua?"

"Niin, koska näin sut!"

"Näit mut jonkun toisen naisen kanssa niin halusit mut, kun et voi enää saada", Tuomo sanoi. "Täydellistä. Vitsi, kun olisin keksinyt tämän pari kuukautta sitten." Tuomo aikoi lähteä, mutta Katri nousi ylös ja tukki hänen kulkureittinsä.

"Ei! Ne kaikki tunteet vaan tuli takaisin", Katri sanoi. "Tai siis ei ne koskaan varmaan hävinneetkään mihinkään. Mulla oli vaan kriisi, enkä tajunnut, mitä mulla oli. Mutta nyt mä olen ymmärtänyt ja--"

"Katri..." Tuomo yritti kävellä Katrin ohi, mutta tämä levitti kätensä ja pakotti Tuomon takaisin istumaan.

"Älä viitsi, Tuomo! Mä tiedän, että mä olen tehnyt virheitä, mutta mä korvaan kaiken, jos sä vaan voit antaa mulle anteeksi."

Tuomo sulki silmänsä ja hengitti syvään. Hän ei jaksanut enää vihata. Hän oli kyllästynyt katkeruuteen.

"Voin antaa anteeksi", Tuomo sanoi ja tarkoitti sitä.

"Kiitos. Kiitos, Tuomo!" Katri hymyili leveästi ja nojautui Tuomoa kohti.

"Mutta me ei palata yhteen", Tuomo jatkoi. "Mä en voi koskaan unohtaa sitä, mitä sä teit."

"Mitä?"

"Mä olen pahoillani, mutta mä en rakasta sua."

Katrin hymy hyytyi. Hän nyyhkäisi epätoivoisesti ja istui takaisin tuolilleen.

"Sä itse sanoit, ettei rakkaus voi kadota!" Katri huomautti niin kovaan ääneen, että muut asiakkaat alkoivat seurata heidän ikkunapöytänsä tapahtumia.

Tuomolle tuli Katrista mieleen uhmaikäinen lapsi, jolle vanhemmat eivät suostuneet ostamaan kaupassa tikkaria.

"Ei se voikaan", Tuomo sanoi. "Sä et koskaan rakastanut mua, ja mä rakastin ihmistä, jota ei ollut olemassa. Se harhakuva, jota mä rakastin, katosi mun päästäni."

"Mitä sä oikein sekoilet?" Katri sanoi ja pudisteli epäuskoisena päätään.

"Että en mäkään koskaan rakastanut sua", Tuomo sanoi.

"Sä valehtelit mulle?" Katri näytti raivostuneelta, ja Tuomoa alkoi huvittaa. Kumpi heistä oli ollut valehtelija?

"Mä luulin rakastavani sua", Tuomo sanoi. "Ehkä säkin luulit rakastavasi mua, mutta sellainen rakkaus ei riitä mulle."

"Mitä helkkaria nyt oikeasti, Tuomo?" Katri sanoi. "Mitä sä selität?"

Viereisen pöydän donitsimies tuijotti heitä niin tiiviisti, että kaatoi vahingossa kuuman kahvin suunsa ohi housuille. Hän alkoi ulvoa ja riisti Tuomon ja Katrin yleisön itselleen.

"Oletko sä seonnut tai jotain?" Katri sanoi.

"Olen", Tuomo vastasi.

"Mikä sua vaivaa?" Katri katsoi Tuomoa kuin mielisairasta. "Sä olet ihan omituinen! Et sä ennen ollut tuollainen."

Tuomo huokaisi kyllästyneenä ja katsoi ikkunasta ulos. Joku katsoi takaisin, ja Tuomo oli saada sydänhalvauksen.

Pisaraisen ikkunan toisella puolella seisoi Ninna vaikeasti tulkittava ilme kasvoillaan. Hänellä oli kädessään auringonmuotoinen foliopallo, joka tempoili tuulessa edestakaisin. Ninna katsoi Tuomoa kulmakarvat koholla. Sitten hän kohautti olkiaan ja aikoi lähteä.

Tuomo koputti nopeasti lasiin, ja Ninna pysähtyi.

"Odota!" Tuomo sanoi ja liikutti huuliaan selkeästi, jotta Ninna ymmärtäisi kuulematta. Ninna tuijotti Tuomoa ensin ilmekään värähtämättä, mutta nyökkäsi lopulta.

"Mun pitää nyt mennä", Tuomo sanoi Katrille ja nousi. "Hyvä kun juteltiin."

"Mutta mä haluan jutella vielä", Katri sanoi.

"Mun mielestä me saatiin nyt käytyä tämä läpi", Tuomo sanoi.

Katri läimäytti kädellä pöytää niin, että lusikka tärähti kahvilautasella.

"Oletko sä muka oikeasti kihloissa ton sirkuksen kanssa?" Katri sanoi ja osoitti ulkona seisovaa Ninnaa halveksuen.

"Lopeta."

"Siitäkö tämä johtuu?"

"Ei. Tämä johtuu siitä, että mä en halua palata yhteen."

"Me voitaisiin kokeilla vielä kerta", Katri sanoi.

"Sori, mutta ei mulla oo uusia kavereita, joita voisit kokeilla. Annetaan nyt vaan olla", Tuomo sanoi ja lähti ennen kuin Katri ehti vastata mitään.

Ilma tuntui entistäkin kylmemmältä, kun Tuomo astui ulos kahvilasta. Tihutti yhä. Ninna odotti kadulla ikkunan edessä ja rummutti jalalla maata.

"No?" Ninna sanoi. Aurinko pyöri hänen yläpuolellaan. Sillä oli kasvot ja se hymyili, Ninna ei.

"Moi", Tuomo sanoi, muttei ehtinyt jatkaa, sillä Katri ryntäsi kadulle kasvot raivosta punehtuneina. Katri käveli hänen luokseen ja tökkäsi sormella rintaan niin että sattui.

"Älä luule, että ottaisin sua enää takaisin!" Katri huusi. Hänen hiuksensa levisivät tuulessa leijonanharjaksi.

"Okei", Tuomo sanoi.

"Äläkä enää ikinä soita mulle! Ja turha lähettää viestejä. Tämä oli tässä!"

Katri kääntyi ja lähti. Hän oli törmätä pyöräilijään ja näytti tälle keskisormea. Pyöräilijä näytti takaisin.

Ninna katsoi Tuomoa selitystä odottaen.

"Sori", Tuomo sanoi. "Se ei oikein tykännyt, kun sanoin, ettei palata yhteen."

Ninna hymyili. "Ahaa."

"Lähdetkö elokuviin?" Tuomo sanoi. "Siellä menee ainakin yksi ihan hauskalta vaikuttava komedia."

"Tietenkin", Ninna sanoi. "Vitsi, mä ehdin jo ihan pettyä suhun, kun luulin, että aioit palata yhteen tuon kanssa." Ninna vilkaisi sivulle kuin varmistaakseen, ettei Katri ollut tulossa takaisin.

"En mä ole onneksi enää ihan niin tyhmä", Tuomo sanoi.

He lähtivät kävelemään kohti kaupungin keskustaa.

"Mikä leffa?" Ninna kysyi. "Eiku älä kerro!"

"Yllätys?"

"Niin. Hei, mä toin sulle auringon, kun tänään sataa vettä!" Ninna sanoi ja osoitti yläpuolellaan keikkuvaa keltaista palloa.

"No, kiitos", Tuomo sanoi ja naurahti. Ninna yritti ojentaa pallon Tuomolle, mutta tuuli tarttui siihen, ja naru lipesi heidän sormistaan.

Tuomo ja Ninna pysähtyivät katsomaan, kuinka aurinko kohosi korkeuksiin. Se kieppui villisti noustessaan yhä ylemmäs ja ylemmäs. Se näytti räikeältä synkeää harmautta vasten. Lopulta sitä tuskin näki. Se oli vain pieni piste taivaalla.

"Sinne meni", Ninna sanoi ja huokaisi.

"Sinne meni", Tuomo toisti ja antoi katseensa laskeutua takaisin kadulle. Sade kiihtyi. Pisarat alkoivat pomppia lätäköissä kuin hajonneen helminauhan helmet lattialle levitessään. Viluiset ihmiset vaelsivat sadetta pakoon itseensä käpertyneinä. Tuomo vilkaisi Ninnaa, joka siristi silmiään katsoessaan yhä pallon perään.

"Ei näy enää", Ninna sanoi. "Mennäänkö?"

"Mennään", Tuomo sanoi, ja he jatkoivat matkaa.

Tuomolla oli outo olo. Kesti hetken ennen kuin hän ymmärsi miksi.

Hän oli onnellinen.

Kiitos

äidille ja isälle,

Jenni Heikkiselle, Sari Jokilalle,

Elina Jääskeläiselle, Jere Saarelalle,

Mikko Sahlsteinille

ja

Sinulle!